Агашка

и другие рассказы

Алексей Будищев

Агашка и другие рассказы

© Bibliotech Press, 2021

ISNB: 978-1-63637-670-7

СОДЕРЖАНИЕ

АГАШКА

Земский начальник Талыбин, молодой и нервный блондин, сидит у себя в камере за столом, накрытым красным сукном. На его груди совершенно новенький должностной знак. В камере душно и сумрачно, пахнет овчиною и человеческим потом. Перед земским начальником, в двух шагах от стола, стоят двое — один еще молодой парень лет 22-х, рябой и угрюмого вида, другой пожилой, с подобострастно смеющимися глазами. На молодом надет рваный полушубок, на пожилом — выцветшая чуйка, какие носят мещане. Еще дальше, у стены, на скамьях сидят несколько мужиков в полушубках и с вспотевшими лбами.

Земский начальник долго перелистывает бумаги, затем поднимает от бумаг глаза и, обращаясь к угрюмому парню, спрашивает:

— Вы Агап Дудырин, так? А вы мещанин Пестравочкин? — переводит он взор на выцветшую чуйку.

И тот и другой кивают головами.

— Так вот, Агап Дудырин, — продолжает земский начальник: — вы обвиняетесь в том, что в ночь с 27-го на 28-е декабря, будучи на сельских гумнах, вы поранили выстрелом из ружья пеструю свинью, принадлежащую мещанину Пестравочкину. Признаете ли вы себя виновным?

Угрюмый парень смотрит некоторое время на земского начальника, а потом переводит глаза куда-то в бок.

— Я, ваше благородие, — наконец говорит он, с трудом вытягивая из себя слова, — я, ваше благородие, допрежь того говорил ей: брось, говорю, Агашка, это, не вводи меня в грех; буде, говорю, побаловалась и буде. А она, на место того...

— Кто она? — перебивает его земский начальник.

— Кто она? Жена моя Агашка, — говорит парень.

Земский начальник нетерпеливо передергивает плечами.

— Да я вас совсем не о жене вашей спрашиваю! — вскрикивает он: — Вы ранили выстрелом из ружья свинью

Пестравочкина и поэтому должны отвечать по закону, во-первых, за поранение животного, а во-вторых, уплатить Пестравочкину издержки в размере пяти рублей. Так вот, что вы скажете в свое оправдание?

Парень молчит и тяжело отдувается; от напряжения на его лбу выступает пот, похожий на капли воска.

— Да я вот что скажу, — вытягивает он из себя: —я дорежь того ей говорил: брось, говорю, Агашка, баловство...

— Да вы опять о том же! — вскрикивает земский начальник: — Слушайте, вы дураком не прикидывайтесь и говорите по порядку. В ночь с 27-го на 28-е декабря вы были на сельских гуннах? Да?

— Были.

— Что же вы там делали?

— Ничего не делали.

— Так зачем же у вас в руках было ружье?

— А нешто палкой зайца убьешь? — спрашивает в свою очередь парень: — Я на гумнах зайца караулил, — добавляет он: — к просяным одоньям заяц ходит.

— Ну, вот и отлично, — говорит земский начальник, очевидно улавливая какую-то нить и радуясь этому: — И так, вы сидели на гумнах и ждали зайца. Что же было потом?

— Потом, смотрю, она на гумна катит.

— Кто она?

— Агашка, жена. Я к ней; брось, говорю, Аганя, баловство, не вводи в грех, а она ничего, только глазами хлопает; я опять к ней: брось, говорю, Аганя, сделай милость. А она на место того — хрю-хрю и головой вот эдак! — парень крутит головою и продолжает: — Крутит она головой и хрюкает: не могу, дескать, я этого бросить. Тут у меня к сердцу подкатило, я в нее из ружья и шарахнул. В жену, то-ись, свиньей она у меня обертывается.

Парень умолкает.

Земский начальник смотрит на него широко открытыми глазами; смотрит он долго и пристально, как бы что-то соображая я, наконец, с расстановкой выговаривает:

— Так вы стреляли в свинью Пестравочкина, так как были

3

уверены, что это ваша жена Агафья, обернувшаяся свиньей? Так?

Очевидно, земский начальник произносит эти слова с трудом, пугаясь звука собственного голоса, и в конце речи даже вздрагивает плечами.

— Так? — повторяет он, как бы со страхом.

— Конешно, вижу она, — флегматично отвечает парень.

Смысл фразы его, напротив, нисколько не пугает и видно, что он произносит ее с тою же уверенностью, с какою Галилей говорил свое "вертится".

— Что же было потом? — продолжает допрос земский начальник.

— Потом, я двух понятых взял, — угрюмо отвечает парень: — все, как по закону, и в избу пошли. Приходим, Аганька на лавке лежит; я к ней: скидавай, говорю, Агаия, сарафан, мы тебя свидетельствовать будем; потому, думаю, на пояснице от дроби знак должен быть у ней, у Агани, то-ись.

Парень умолкает, так как со скамьи у стены поднимается высокий мужик с лицом солдата и говорит:

— Знака, ваша бродь, быть не могло, так как он не по закону делал. Я ему говорю: Аган, слушай! Возьми ты от старой собаки клок, вымочи ты его в шкипидаре и этим самым клоком дробь пришыжи.

— Я шкипидара нигде не нашел, — вяло отвечает парень: —на барский двор ходил, нет, говорят.

— А вы кто такой? — опрашивает земский начальник солдата.

— Мы — полицейский сотский. Я понятым у Агапа был, Агафью ходили свидетельствовать, то есть.

— И вы по этому делу вызваны?

— Никак нет, мы на счет хомутов.

— Ну, так посидите и помолчите. Что же было потом? — добавляет земский начальник, обращаясь к парню, между тем как на его лице постепенно растет выражение боли и ужаса.

— Я ей говорю: скидавай, Агаия, сарафан — отвечает парень:— а она бух в ноги: не срами, грит, перед людьми. Тут у

4

меня в глазах потемнело, уцепил я ее за косы и по полу возить зачал. Учу, стало быть.

— Полицейский сотский! — вскрикивает земский начальник и в его глазах загораются огоньки: — сотский! И он смел в вашем присутствии истязать жену? Вы тут же были?

Солдат поспешно поднимается с лавки. Лицо у него умиленное, очевидно, он очень доволен, что ему приходится фигурировать перед публикою. С минуту он охорашивается и затем говорит:

— Никак нет, ваша бродь, в эту минуту нас в избе не было, мы за чересседельником бегали.

— Чересседельником мы руки Агане скрутили, — угрюмо поясняет парень.

— Чтоб не чаряпалась, — добавляет сотский с умиленным лицом: — мы тоже знаем, ежели эндакая женщина очаряпает, человек взбеситься должен.

— Мы тоже жалованье не даром берем, — добавляет он, самодовольно оглядывая мужиков.

Те глядят на него одобрительно.

Между тем, земскому начальнику кажется, что в камере расплывается какое-то темное облако и застилает собою все. Он с негодованием глядит на всю камеру и на его лице снова трепещет выражение ужаса.

— Послушайте, — начинает он: — неужто вы, все здесь присутствующие, верите, что человек может превращаться в зверя?

Камера молчит и тяжело дышит.

— И вы, вы тоже верите этому? — глядит начальник на Пестравочкина.

Тот слегка изгибается перед начальством и отвечает:

— Нет, я этому не верю; человек в зверя перекидываться не может.

Лицо земского начальника несколько оживляется.

— Ну, вот видите: — восклицает он — есть же среди вас такой, который не верит.

— Человек в зверя перекидываться не может, —

продолжает между тем Пестравочкин: — но зверь в человека может. Был у нас в селе Пенжове баран...

У земского начальника опускаются руки, лицо его сразу как-то худеет. С минуту он молчит и затем мрачно продолжает допрос:

— И вы давно бьете так свою жену? — спрашивает он парня.

— Третий год учу, не выучу, — отвечает тот: — люди говорят "брось", не могу, потому жалко. Извольте хоть сами ее спросить: зря я ее пальцем не трогаю, а за это учу, потому не балуй!

— А она где? — спрашивает земский начальник.

— В санях лежит, вместе со мной приехала. Извольте ее спросить.

— Сотский, позовите Агафью Дудырину, — говорит земский начальник и умолкает, зажмурив глаза. Ему страшно глядеть на камеру.

Через минуту в камере появляется Агафья. Лет ей не более двадцати, лицо худое и бледное, с подтеками около ушей, а в ее больших глазах ужас и тьма. Идет она как-то неестественно, как бы вся извиваясь, и точно помимо всякого участья собственной воли. По этой походке, по глазам, полным ужаса, и по крепко сжатым губам видно, что она измучена вся, до последней степени. Подойдя ближе, она внезапно падает на колени и начинает истерически всхлипывать.

— Судья праведный, милостивец! — бормочет она, тряся головою: — не вели казнить, ни в чем я перед ним неповинна... Тетка у меня была... Это правда... не утаю, та свиньей перекидывалась, все видели, а я... напраслина это... зря болтают...

Она всхлипывает. От судорожных движений платок с ее головы сползает, обнаруживая белую шею, исполосованную до крови чересседельником.

— Напраслина эта... зря болтают... не срами перед людьми, судья праведный!.. — исступленно вскрикивает она и истерически рыдает, припадая лицом к заплеванному полу.

Кажется, она уверена, что ее привели сюда для освидетельствования. Несколько минут она рыдает так, не поднимаясь с пола, и ее всю коробит, как тонкую ветвь на огне.

Это переполняет чашу терпения земского начальника.

Он вскакивает с бледным лицом и судорогами на губах и начинает говорить. Говорит он долго, задыхаясь и порою вскрикивая, как женщина.

— Посмотрите, что вы сделали с этою женщиной! За что вы ее измучили? Как вы смели и кто дал вам на это право? Вы все в этом виноваты, все, все, и все вы за это ответите! До сих пор я был к вам добр, потому что я не знал вас и думал, что вы люди. А теперь я вижу, кто вы! Я вижу, что вы звери без жалости, без сердца, без разума и смысла, и я вам себя покажу! Вы — людоеды, вас можно сдерживать только намордником, как цепных собак, и я буду поступать с вами именно так! Я буду с вами жесток и не ропщите, вы виноваты в этом сами! Вы верите, что люди могут превращаться в зверей, и я тоже уверовал в это, глядя на вас! Вы — звери, звери с головы до ног!..

В продолжение этой речи Талыбин обводит присутствующих горячим взглядом и на минуту ему кажется, что все эти рваные мужики делаются похожими на Агафью и что в их главах тот же ужас и тьма, но он уже не может остановиться. Его точно несет волною. При последних словах голос начальника обрывается и он добавляет чуть ли не шепотом, указывая на Агафью:

— Уведите, ради Бога, эту мученицу!

Сотский, кокетливо придерживая шашку, уводит рыдающую Агафью вон.

Когда он возвращается в камеру, земский начальник, с лицом белым как мел, резко царапая бумагу, пишет приговор. В камере тихо. Сотский подсаживается к рваному мужичишке и шепчет ему на ухо, кивая на начальника:

— В субботу лучше у него и не судись, потому — пьян. Пять день крепится, ни-ни, даже на нюх не надо, а в шестой хлещет. Разболтает бутылку и прямо из горлышка буль-буль-буль!

Мужик слушает и, прикрывая рот рукою, отвечает:

— То-то я слышу, несет он, несет, а чего, даже не разобрать. Молодчага, одначе, пьян, а не качается.

Между тем, земский начальник, бросив перо, начинает читать приговор. Читает он резко и громко, с судорогою в голосе. Агат Дудырин осужден к двум неделям ареста и пяти рублям штрафа.

Осужденный долго ежится и чешет затылок и, наконец, угрюмо удаляется из камеры. На пороге сотский шепчет ему вслед:

— Я тебе говорил, вымочи в шкипидаре...

Кажется, они оба крепко уверены, что Агат осужден за невыполнение именно этого устава.

Между тем, земский начальник, все еще с дрожью в голосе, докладывает следующее дело. Через минуту до его слуха долетает исступленный вопль женщины. Агашку увозят домой...

БЛАГОДАТНОЕ НЕБО

(Святочный рассказ)

Перед иконою Владычицы Благодатное Небо горит лампада. Это любимая икона в доме сельского дьякона Звениградова, да к тому же сегодня первый день Рождества, а завтра — день Владычицы. В спальне тихо. На дворе вечер — звонкий, зимний вечер, когда скрип шагов слышен чуть не за версту. Дети — у дьякона их трое — спят. Мать дьяконица Марья Константиновна, двадцатилетняя, женщина с ласковыми карими глазами, сидит у стола и штопает детский чулок. Порою она отрывается от работы и внимательно прислушивается к тихому посвистыванью трех носиков. Старшему носику три года, второму — два; оба эти носа спят в кроватках; а третий, — третий пока подвешен к потолку, на железный крюк, как подвешивают лампу, но не пугайтесь, читатель, конечно, в люльке. Этому носу всего два месяца. Средний нос зовется Назарием, меньшой — Саввушкою. Назарий — любимец отца дьякона. Частенько он сажает его верхом на свою длинную шею и торжественно выносит из спальни в следующие комнаты к неописуемой радости младенца. Это путешествие отец дьякон называет хождением мученика Назария в пустыни аравийские на верблюде. И дьякон прав, ибо его квартира (за исключением спальни, конечно) действительно напоминает своим видом пустыню. Спальня же в доме дьякона по плотности населения скорее походит на Бельгию.

Вспоминая хождения мученика Назария, Марья Константиновна улыбается и думает о муже. Муж у нее хороший, добрый, молодой, немножко ее побаивается. Сейчас его нет дома, он уехал в гости к мельнику Аверьянову и давно уже должен быть дома; однако, его все нет. Наверное, он явится домой поздно, немножко с мухою и будет просить у нее прощенье. И она его простит, хотя, собственно, отца дьякона прощать не следовало бы. Но у нее такой уж характер!

9

Марья Константиновна перекусывает красную шерстинку ровными, белыми зубами и продолжает работу. Ее спокойное лицо снова освещается думами.

Живут они хорошо. Мать-дьяконица жизнью своею довольна. Немножко бедновато, но что же делать? Вот если через год у нее снова будет ребенок, тогда придется туго. А ребенок, наверное, будет. Очевидно, Господь благословил ее детьми. Она четыре года замужем и у нее уже трое. Марья Константиновна вновь перекусывает нитку и кладет на стол заштопанный чулок. Она начинает припоминать, нет ли еще какой работы, но в это время из средней кроватки раздается горький плач; плачет Назарий и Марья Константиновна испуганно бросается к нему. Дело оказывается первостепенной важность: Назарий увидел во сне "стренькозу" и не обыкновенную стрекозу, а "с рогом на хвосте". Увидев такое чудовище, можно умереть, но Назарий не умирает, а только плачет. Мать утешает его, ласково похлопывает рукою по его спинке и говорит, точно баюкает:

— Ц-ш-ш, бай-бай... Будешь умным, поедешь с отцом... в пустыню аравийскую...

При воспоминании об аравийской пустыни лицо младенца внезапно освещается; он закатывает глаза под лоб, снова ставит их не без труда на подобающее им место, но глаза снова уходят в высь и Назарий спит. Марья Константиновна тихонько покрывает его горячее тельце одеялом, любовно крестит насупившийся лобик и идет в прихожую, где слышится постукиванье чьих-то ног. В прихожей стоит девочка в длинном платке, покрывающем ее до пят. Девочка придерживает платок под самым подбородком тонкими пальчиками и говорит:

— Матушка, сделте милость, мамынька просила, братец Финогеша животом помирает...

Из ее слов Марья Константиновна понимает, что братец Финогеша, которому исполнилось сегодня четыре дня, кричит весь вечер, не закрывая рта, и что ему нужно как-нибудь помочь. Она, прячет в карманы кой-какие лекарства от болей желудка, накидывает беличью шубку и сперва заходит в кухню сказать кухарке, чтобы та посидела в ее отсутствии в спальне. А затем, в сопровождении девочки, она идет, снежною улицею села к плачущему ребенку.

Через минуту она стоит в избе, из каждого угла которой веет нуждою. Худая баба с фиолетовыми бликами под глазами показывает ей ребенка; ребенок крутит ножками и кричит, а баба плаксиво говорит:

— Матушка Владычица, как же ему не плакать? Молока у меня званья нет; молоко, сударушка, пропало. Ребенок цельный день не емши, не пивши. Пожевала я ему хлебца, сделала соску, только возьмет он, пососет, пососет и сейчас же назад отрыгает, душа не принимает...

Марья Константиновна глядит на бабу широко раскрытыми глазами. "Господи", думает она: "неужто ребенок должен умереть с голода"?

Она смотрит на ребенка. Маленькое и худенькое тельце все вьется в невыносимых страданиях голода и жажды. Голосок перехватило от натуги, а из бледных губок рвется сиплое взвизгивание. Он корчится, как на огне.

"За что такие муки"? думает Марья Константиновна с болью в сердце.

— Нет ли у вас рожка? — спрашивает она: — можно бы вскипятить коровьего молока, хотя это и не совсем хорошо для такого крошки...

— Какие у нас рожки, Владычица!.. — стонет баба.

У них нет рожков. У них нет ничего, кроме нужды, такой нужды, что брезгуешь присесть, да вот этого ребячьего визга, который сверлит уши, как буравом. "Ах, Финогеша, Финогеша", думает дьяконица с влагою на глазах.

— Вот что, — поспешно говорит она: — я его сейчас покормлю грудью.

— Ой? — с недоумением вскрикивает баба.

— Да конечно же! Ведь этого же нельзя, чтоб ребенок умер с голода. А у меня молока, слава Богу, Саввушке хватит...

Она поспешно расстегивает ситцевый лифчик, привычным движением плеча высвобаживает грудь и, прикрыв ее шубкою берет к себе плачущего Финогешу.

11

В избе делается тихо. Крики не сверлят больше ушей, тельце ребенка не содрогается от болей. У полной и белой груди слышится счастливое посапыванье, видны отуманенные глазки и свернутый в трубочку розовый язычок. Финогеша зарывает свое личико в грудь. Марья Константиновна сидит, притихшая и склонив голову, глядит на ребенка, а все ее лицо освещено тихим и безмятежным счастьем. Она слегка покачивает его почти инстинктивными движениями.

— У меня молока ужас сколько, — шепотом сообщает она бабе с фиолетовыми подглазниками: — ежели я с час не покормлю, в рубашку стекает. Видишь, сытехонек!

И она с ласковою гордостью кивает головою на Финогешу.

Когда нужно уходить, дьяконица долго не находит своего платка и еще чего-то. Она заглядывает во все углы и совсем не глядит на Финогешу. Наконец, она говорит:

— А я вот что надумала. Я Финогешу к себе на ночь возьму. Его надо будет еще покормить ночью.

— Ой? — вскрикивает с недоумением баба.

— Да конечно же. Я своему четыре раза в ночь грудь даю. Меньше этого нельзя.

И она уносит с собою Финогешу, прикрытого у ее благодатной груди беличьею шубкою. На улице ее догоняет баба; она плаксиво хнычет носом, припадает лбом к снегу и долго бормочет что-то непонятное на неизвестном наречии. Кажется, она благодарит Марью Константиновну.

Между тем, дьяконица приносит Финогешу к себе в теплую спальню. Дьякона все еще нет. Она кладет ребенка к себе на постель и думает:

— Как же я возвращу Финогешу завтра? Разве завтра у его матери появится молоко? Нужно будет кормить его до тех пор, пока его мать не поправится. Да конечно же, — шепчет Марья Константиновна, поглядывая на ребенка: — ведь у меня же молока славу Богу!

Финогеша сладко посапливает на ее постели, а она снова садится к столу за работу. Теперь у нее прибавилось заботы и ей не надо лениться. Притом шаровары Назария оказываются сильно потрепанными, вероятно от частой езды верхом на верблюде, и их нужно зачинить. Однако, ее работа клеится плохо: то просыпается богатырь Саввушка, который басит, как протодьякон, то плаксиво хнычет Финогеша. В конце концов, до нельзя измученная, она хочет помолиться, чтобы ложиться затем спать, и не может; язык не повинуется ей; она дремлет здесь же у стола, на стуле, свесив руки и выронив шаровары Назария. Во сне она видит, что у ее груди лежат Финогеша и Саввушка, первенец Никодим и Назарий и еще какие-то вероятно, будущие ее дети; и всех она кормит своею грудью и чувствует, как, вместе с молоком, из ее груди течет что-то благостное и теплое, что насыщает жадно раскрытые ротики и доставляет ей неизъяснимое блаженство. И она улыбается сквозь сон.

В спальне тихо. Перед образом Владычицы Благодатное Небо горит лампада и она вся сияет сверху донизу. В кивоте тоже тихо. Угодники, окружающие Владычицу, безмолвствуют. Свет лампады бродит по строгим лицам, меняя их выражение, и они глядят то строго, то ласково, то уныло...

Когда отец дьякон, наконец, является домой, он долго стоит в пустыне аравийской, не решаясь идти в спальню. Он чувствует за собою вину, большую вину; сегодня он проштрафился больше чем всегда. Однако, он набирается мужества, осторожно, на цыпочках крадется к двери спальни и припадает к щели глазом. По его лицу ползет улыбка. Мать-дьяконица спит. Это хорошо. Но что это там белеется на постели? Сладчайший Иисусе, это младенец, новорожденный младенец!

Дьякон в испуге отскакивает от двери, но тотчас же снова припадает к ней глазом.

Да, это не Саввушка, это новорожденный младенец. Ужели? ужели мать-дьяконица стала родить уже через два месяца? Сколько же у него будет детей лет через двадцать, если она и впредь будет поступать также? Дьякон выпрямляется во весь рост и, сосредоточенно приставив палец ко лбу, погружается в математические вычисления.

И вдруг палец дьякона отскакивает ото лба, как от раскаленного железа. Он сообразил. Через двадцать лет у него будет 124 человека детей.

И дьякон в ужасе шепчет:

— О, Иисусе, о, Сладчайший! Чем же я насыщу утробы сего песка морского?..

БОЛОТО

Мы сидели на высоком холме после охоты на куропаток. Мой приятель Сорокин лежал на животе и курил папиросу. Я сидел, прислонившись спиною к пеньку, а наша собака, серый с кофейными пятнами легаш "Суар", спал возле на боку. Порою он лениво приподнимал голову, выворачивал свою серую, на красной подкладке губу и косился на нас, показывая красные белки. Я смотрел на окрестность.

Прямо под нами, в зеленых лугах, вся залитая лучами заходящего солнца, сверкала серебряная лента узкой речонки. Речонка точно баловалась и наделала в лугах такие выкрутасы и загогулинки, каких не встретишь даже на воротнике малороссийской рубахи. Порою она, как бы спасаясь от погони, бросалась внезапно в сторону, описывала крутую дугу и вся зарывалась в кудрявые поросли лозняка. Затем она делала хитрую петлю, осторожно кралась, незримая, под отвесным глинистым берегом и, вдруг, снова выбегала в луга, прямая, как солнечный луч, вся сверкающая, смеющаяся и лукавая. Белые чайки летали над речкою и порою падали вниз на добычу, как белые хлопья снега. Налево луга замыкались холмом, над которым сверкал золотой крест сельской церкви. Направо — весь северо-западный угол был заслонен лесом темным, угрюмым и полным тайны.

— Это — Лосёв куст, — сказал мой приятель, заметив, что я внимательно рассматриваю темную стену леса, — это болото, занимающее не менее шестидесяти десятин, заросшее громадною ольхою, непроходимая топь, населенная комарами, способными выпить в одну ночь всю кровь человека. Это непролазный дебри с мшистыми кочками, с тяжелым запахом гниющих деревьев, с жирными пятнами на воде, с камышами выше человеческого роста, которые режут ваши руки, как бритва. У нас это единственное место, где еще выводятся дикие гуси. Но, Боже мой, как трудно до них добираться! Ты знаешь мою страсть к охоте, однако, я редко посещаю это болото. Я боюсь его, оно кажется мне чудовищем неопрятным и прожорливым, которое пожирает все, что попадает в его пасть. Жрать — это, кажется, единственная функция, на которую оно способно. По крайней мере, его камыши удивительно упитаны, головастики, плавающие в его жирной воде, лоснятся от сала, а цветы, лежащие на поверхности, мясисты и великолепно выкормлены. Кажется, они кушают ночных бабочек, потому что я часто находил между их желтыми лепестками обмусоленные трупы этих беззащитных созданий. Вообще, это болото не придерживается вегетарианских взглядов. Семь лет тому назад оно скушало илпатьевского бычка, прелестного голландца, которого Илпатьев купил на выставке за триста рублей. Бычок заплутался и болото заманило его в свои топи, засосало и скушало. Может быть, к животной пище его приучили крестьяне деревни Комаровки. Комаровка лежит по то сторону Лосева куста, на юго-запад от него. Это — маленькая деревушка в тридцать дворов. Ее жители занимаются земледелием и конокрадством, а некогда, при крепостном праве, они занимались самым настоящим разбоем. Они грабили и душили проезжих краснорядцев и топили их трупы в Лосёвом кусту. В этом болоте, как говорят, погребено немало душ. Немудрено, что крестьяне боятся его. Они знают его прошлое; кроме того, они видят оригинальные формы его растительности, видят его своеобразную жизнь и, вероятно считают это болото способным создать свою высшую форму, своего человека, — русалку, царицу болотных вод, этот прожорливый цветок, питающийся человеческой кровью. И, знаешь ли, я сам едва не поверил этому однажды. Право, я даже не сомневался в этом в течение нескольких часов. Сейчас я расскажу тебе, как это произошло. Эта ночь будет самою памятной в моей жизни.

Пять лет тому назад, как-то в июньскую ночь, я отправился в Лосёв куст с комаровским парнем Никитой, охотником до мозга костей. Он сообщил мне, что нашел барсучьи следы. Эти неуклюжие животные ежедневно на заре сходят с горы, из березового леса к Лосёву кусту, и пьют болотную воду. Может быть, их привлекают также коренья болотных растений, мясистые, сочные и вкусные. Никита, по крайней мере, был убежден в этом; и вот мы отправились, чтобы просидеть ночь в опушке Лосёва куста на кочке вплоть до зари, когда барсук придет пить болотную воду и лакомиться кореньями. Мы обошли Лосёв куст засветло; нам хотелось подойти к нему с севера, от горы, с которой сходит барсук, и переночевать на ближайшей к опушке кочке. На дороге нам попались двое из илпатьевских объездчиков; они ехали на взмыленных лошадях и оживленно о чем-то беседовали.

— Звери, а не люди, — заметил Никита, когда объездчики исчезли за поворотом, — не позволяют в лесу собирать ягоды, загоняли наших девок просто беда как! Не дают заработать на ягодах и двугривенного!

Никита с негодованием посмотрел вслед объездчикам и замолчал. Больше мы не встречали на своем пути ни души. Мы обошли Лосёв куст, прошли болотом несколько сажен и сели на кочке. Было совершенно темно. Луна еще не вставала. Мы сидели на кочке не больше сажени в поперечнике, прислонившись спиною к стволам ольх, держали на коленях наши ружья и курили папиросы, спасаясь дымом от комаров. От болота веяло сыростью. Оно лежало, как объевшееся чудовище, и как будто тяжело дышало и сопело. Порою нам казалось даже, что оно что-то жует впросонках; по крайней мере, мы ясно слышали звуки, как бы происходившие от чавканья. Камыш шевелился и дрожал. Жирные пятна плавали на воде, блестевшей "окнами" тут и там между мшистыми кочками и камышами. Порою мы слышали какое-то сытое, торжествующее похрюкивание и бурчание воды, как бы в желудке опившейся лошади. Комары лезли нам в глаза, и Никита, понюхав воздух и узнав, что ветер тянет с горы, решил зажечь костер, хотя бы самый маленький, чтобы дымом прогнать комаров. Барсук не услышит дыма за ветром и придет в урочный час пить воду. Никита высек огонь, приятный запах горящего трута защекотал мне ноздри и вскоре маленький костер запылал на нашей кочке, прогоняя комаров, которых относило дымом, как ветром. Огонь мигал на воде, освещая черные трупы гниющих деревьев, зеленую стену ближнего камыша и загорелое лицо Никиты. Я смотрел на него. Это был парень лет 25-ти, белокурый и худощавый. Поверх его посконной рубахи, на нем был надет рваный полушубок с короткою талией, сшитый из черных и белых, но пожелтевших от времени, овчин. На его ногах были обуты поршни из мягкой кожи, стянутые, как кисет, немного повыше щиколоток. Его холщовые штаны были продраны и огонь костра освещал обнаженные колени, морщинистые, загрубевшие и лупившиеся. Никита смотрел на огонь и сидел, прислонившись к стволу ольхи, обхватив руками ноги пониже колен. Свет костра освещал его губы и кончик носа, между тем как верхняя часть его лица была в тени. Он был так оборван и грязен, что мне его стало жаль от души. Я разговорился с ним. Почему он не занимается земледелием, а бродяжничает по лесам и болотам, в то время как охотничий промысел мало дает заработка в нашей стороне? Лучше бы ему наняться в работники. У него двое детей и жена и, вероятно, все они ужасно бедствуют. Недаром на него смотрят в деревне, как на шатуна и лодыря. Семьянину стыдно ничего не делать. Охотою он мог бы заниматься по праздникам для развлечения. Никита долго отмалчивался, но, наконец, сказал мне, что ему никак нельзя не бродить по лесу. Это для него совершенно невозможно. Он запьет с тоски, если будет сидеть дома. Потихоньку-полегоньку он передал мне всю свою историю. Он женат пять лет, но у него не лежит к жене сердце. Больше того, он ею брезгует, хотя ему порою бывает жалко ее. Каждый раз он приневоливает себя насильно приласкать эту женщину. Что делать... Сердце любить не заставишь! У него была невеста Василиса, которую он любил, да та пропала без вести, вероятно утонула, и родители заставили его жениться на немилой. Как же он может жить с нею по-людски? Он очень любил Василису. Осенью должна была состояться их свадьба и оба они, и жених и невеста, зарабатывали деньги. Он ездил ямщиком, а она в будни ходила работать поденно к Илпатьеву, а в праздник собирала ягоды и продавала их. И вот, когда на, мшистых кочках болота поспела ежевика, она пошла в Лосёв куст и не возвращалась оттуда более. Вероятно, она утонула. Как же он может любить теперешнюю жену? Я слушал рассказ Никиты, смотрел на болото и думал: "Это чудовище кушает даже молодых девушек!"

Я продолжал смотреть на "окна" воды, блестевшие между мшистыми кочками.

Болото всегда производит на меня впечатление какой-то лаборатории, изготовляющей живых существ. Ни луга, ни поля, ни лес не дают такого впечатления, потому что мы видим там формы более усовершенствованные и вполне законченные. А здесь эти первобытные водоросли, эти слизни, мириады плавающих в воде личинок и дышащие жабрами головастики — говорят о постоянной работе, о неустанной энергии, производящей виды, постепенно прогрессирующие в их формах. Вот почему, как мне кажется, крестьяне населяют всевозможною нечистью преимущественно болото.

Я задумчиво смотрел на поверхность стоячих вод.

Костер на нашей кочке потух, но мы не хотели более поддерживать огня. От болота веяло сыростью. Оно по-прежнему сопело и чавкало. С его поверхности поднимался пар, как с боков вспотевшего животного. Вокруг что-то булькало, бурчало, переливалось, лопалось, ломалось и хлопало, как в какой-то сложной машине. Казалось, болото работало как алхимик, колдовало, ворожило, шептало заклинания и перегоняло по ретортам таинственный жидкости. Порою до нас долетали какие-то стоны, тихие и жалобные. И тогда Никита робел и спрашивал меня, что это такое? Но что я мог ему ответить?.. Разве я знаю больше его? Может быть, это кричали уродливые птицы, рожденные творческою силою болота.

Месяц встал на востоке и медленно поднимался над Лосёвым кустом. Казалось, он хотел заглянуть в самую глубину стоячих вод, чтобы подсмотреть их тайну.

Я забывался, прислонясь спиною к стволу ольхи и чувствуя

легкий озноб от сырости. Я думал о Никите и об этой девушке, погибшей из-за того, чтоб заработать двугривенный. Затем мне грезились какие-то птицы и какие-то животные, странные и чудовищные, населяющие таинственный дебри болота.

Я внезапно проснулся и открыл глаза.

Никита стоял надо мною, бледный и перепуганный. Он толкал меня в плечо и пристально глядел в даль. Я стал рядом с ним на колени, хватая рукою двустволку.

— Идет, — прошептал он, — ишь как водой бултыхает!

Он кивнул подбородком перед собою. Его губы вздрагивали. Он стоял спиною к горе, но я понял, что он говорит не о барсуке.

— Кто идет? — спросил я, чувствуя приступ неприятного озноба и придвигаясь на коленях к ногам Никиты.

Он по-прежнему смотрел в даль. Я заметил, что ружье в его руках слегка вздрагивало.

— Кто идет? — переспросил я шепотом.

— Нечисть, с нами крестная сила! Нечисть болотная. Кто же пойдет по болоту в полночь? Ишь, как водой бултыхает!

Я прислушался. По болоту действительно кто-то шел, бултыхая водою. Плеск воды приближался; очевидно, идущий направлялся на нас.

Месяц высоко стоял над болотом, но густые заросли и туман не позволяли нам хорошо различать предметы; на расстоянии двадцати саженей мы уже ничего не видели. Мы только слышали бултыханье воды и ничего больше.

— Не лось ли? — спросил я Никиту.

— Нет, — покачал тот головою и вздохнул, как бы в изнеможении, — не лось; слышишь, две ноги. Лось ноздрями на воду дует, фырчит, воздух нюхает. Это не лось.

— Разве медведь? — прошептал я.

Никита долго молчал, пронизывая взором серебряную ткань тумана. Я видел, как вздрагивали его обнаженные колени, загрубевшие в скитаньях по болотам. Месяц спрятался в тучку, бултыханье на минуту смолкло, а Никита все еще глядел и слушал, вздрагивая всем телом.

— Нет, не медведь, — наконец прошептал он, — слышь, на кочку лезет, рукою за ветку хватается.

Я прислушался, и, действительно, услышал, как где-то недалеко хрустнула сломанная ветка. По моей спине прошло что-то холодное и скользкое, неприятное до отвращения. И в эту минуту мы услышали стон, жалобный человеческий стон. После этого все на минуту смолкло. Только слышно было, как бурчала вода в желудке гигантского чудовища. Болото продолжало колдовать и производить жизни. С его поверхности поднимался пар, точно оно изнемогало от усилий произвести что-то для него невыразимо трудное и почти невозможное. Мне казалось, что упитанный камыш и жирная вода болота слегка вздрагивали от усилий. По всей поверхности стоячих вод как будто бежал трепет мучений и желания. Даже кочка, на которой мы сидели, слегка шевелилась под нами. Казалось, болото напрягало все свои творческие способности, чтоб создать свою высшую форму, душу всего в нем существующего. Мы продолжали слушать. Стон повторился.

— Это Василиса! — прошептал Никита, трясясь от ужаса. — Пропали мы с тобой...

Он хотел еще что-то сказать и не мог. Я взглянул на него; его лицо было искажено до неузнаваемости. Его ноги дрожали, точно он пытался привстать на цыпочки. Я хотел говорить и тоже не мог. Так прошло несколько минут.

Между тем, месяц выглянул из-за тучи и мы увидели саженях в пятнадцати от нас женщину. Она лежала животом на мшистой кочке и хваталась руками за колючие ветки ежевики. Казалось, она пыталась вылезть на кочку из воды, хотя это стоило ей громадных усилий. Я видел ее бледное, как снег, лицо, темные брови и тонкие пальцы, судорожно хватавшиеся за колючие ветки. Она тяжело дышала и изредка испускала стоны. До пояса она была погружена в воду.

— Русалка... — еле выговорил Никита.

Мне казалось, что волосы приподнимались на его голове, а ружье ходило ходуном в его руках.

Между тем, женщина барахталась в воде, пытаясь вылезти

21

на кочку. Я смотрел на ее усилия. Мой парализованный ужасом мозг плохо работал. Кажется, я думал или, вернее, не думал, а грезил странными образами. Образы эти иллюстрировали приблизительно следующее:

"Что, если болото, в минуты наибольшего напряжения всех своих творческих сил, способно создать нечто высшее, свой венец творения? Может быть, у него недостаточно сил, чтобы облечь свое излюбленное создание в долговечные формы, и оно появляется только на мгновение, как призрак, в минуты наивысшего напряжения его энергии, вспыхивая, как блуждающий огонек и тотчас же угасая".

Я инстинктивно пригнулся к земле, так как над моею головою грохнул выстрел. Это спустил курок обезумевший от ужаса Никита, и болото ответило на выстрел целым залпом.

Вслед затем мы услышали дикий, исступленный крик. Что-то шлепнулось в воду с кочки, забултыхало по болоту и зашуршало камышом, поспешно уходя от нас.

Затем все смолкло.

Мы остались на кочке одни, в облаке порохового дыма, потерявшие от страха волю и разум. Мы сидели, плотно прижавшись друг к другу, поджав под себя ноги и подпрыгивая на коленях, как две отвратительные жабы.

Да, я никогда не забуду этой ужасной ночи.

Таким образом мы дожидались рассвета, коченея от страха, с судорогами в ногах, ожидая нападения неизвестных нам чудовищ.

С рассветом разум вернулся к нам и, прежде чем уйти из болота, мы осмотрели все соседние кочки. На одной из них мы нашли следы человеческих пальцев, втиснутые в рыхлую почву кочки, и несколько сломанных веток ежевики.

Что еще я могу сказать тебе? Я допрашивал всех и каждого, стараясь объяснить себе случившееся с нами приключение. Между прочим, от илпатьевских объездчиков я узнал, что как-то в июне месяце, вечером, они разогнали в лесу, на горе, около Лосёва куста, целую толпу крестьянских девушек, кажется из разных селений. Они собирали клубнику, а когда объездчики кинулись на них, пугая лошадьми и нагайками, девушки разбежались кто куда. Одна из них, как говорят, забежала со страха в Лосёв куст, свихнула там себе ногу и всю ночь до рассвета провела в этом болоте на кочке, донельзя перепуганная, промокшая до мозга костей и измученная болью ноги, холодом и страхом. Стрелял ли кто-нибудь в эту девушку, а также в ночь на какое число произошло все это, объездчики не знали".

БЫЛО НА РАЗУМЕ

Лесной сторож Афанасий Туерогов лежит на печке своей лесной хаты и думает. Завтра Рождество, а в его кошельке ни алтына; он даже ничего не закупил к празднику. Очень уж у него подлый характер! Третьего дня был на базаре с пятью рублями; кажется, с такими деньгами можно было бы обернуться, ан, нет! Три рубля он проиграл в орлянку, рубль пропил, а на рубль — много ли на рубль закупишь по нонешним временам! Вот и придется проводить праздники всухомятку!

— А все Федулка, все он! — думает, почесываясь, Туерогов. Это Федулка обставил его на три рубля в орлянку. Федулка — жулик, с ним лучше не играть, и Туерогову следовало отстать после первого же проигранного им рубля. А он не отстал. Да и как ему было отстать, когда он только что нахвастал Федулке, что у него на кресте зашиты две сотенных. А не хвастать Туерогов не может; как увидит человека, так и понесет ему, чего не было. Вот и нахвастал на свою шею. Завтра все добрые люди разговляться будут, а у него один ржаной хлеб. Спасибо, что хлеб-то мягкий!

Туерогов лежит на печке, почесывается, вздыхает и начинает соображать, нет ли у него чего-нибудь такого, что можно было бы заложить.

В хате тихо; под печкою монотонно скрипит сверчок; скупой свет керосиновой коптилки тускло озаряет почернелые стены лесной хаты и мигает на фольге дешевых образцов. В окна глядит мутная ночь, доносится шум леса и скучное пение ветра. И вдруг среди этого монотонного пения слышно, как чьи-то пальцы барабанят по стеклу окна. Раздается тонкий голосок:

— Впустите, Христа ради, переночевать... Иззяб...

Туерогов поднимается с печки, некоторое время подозрительно глядит в окошко и идет в сени отворить иззябшему дверь.

24

Вместе с лесником в хату входит маленький мужичонка, запорошенный снегом. За его кушаком топор. Мужичок долго крестится на образа, покрякивает, дует на крошечные кулачки, а спустя некоторое время сидит у стола на лавке и мирно беседует с Туероговым.

— Зовусь я Павля, а прозываюсь Чимбук, — говорит он. — Ты деревню Малые Дыбки знаешь? Тамошний я. Работал у купца Стынина, дрова артелью кололи, для завода, а теперь я домой пробираюсь, к праздникам. Бежал, бежал, иззяб; глядь — твоя караулка. Вот спасибо, отец родной.

Мужичок крутит головою и на минуту умолкает. По его тщедушной фигурке, по испуганным глазам и взъерошенной бородке можно смело заключить, что с ним только что произошел какой-то неприятный казус, и очевидно, что такие казусы случаются с ним нередко.

— А какой со мной грех произошел, — наконец не выдерживает мужичок. — Заработал я у Стынина не много, не мало, 15 рублей; сегодня в обед их бы получал, а в завтрак — шасть старшина; все денежки отобрал, отец родной, за недоимку. Ах, пес тебя забодай, — добавляет мужичок, ударяя себя по полам полушубка.

И он начинает жаловаться Туерогову. Говорит он долго, причмокивая губами, вздыхая, со слезкою в голосе. Вот в таких-то делах прошла вся его жизнь. То лошадь околеет, то за работу не додадут, а раз сам он обронил деньги. И работает он всегда дешевле людей. Люди по пяти рублей десятину жнут, а он за три. Люди по полтиннику за пуд рожь продают, а он по сорока. Такая уж у него неприятная точка; и он на этой точке как таракан на булавке: кругом вертится, а с места не сойдет.

— Ах, пес тебя забодай! — вздыхает Павля.

Туерогов глядит на него внимательно, с соболезнованием на лице; ему хочется сказать, что вся человеческая жизнь полна неприятностей, и что он сам на себе испытал немало бед. Он даже пытается построить в этом духе фразу, но с первых же слов лицо его внезапно освещается как бы вдохновением, в глазах загорается огонек, и он начинает врать.

25

— Нет, я живу не так, — говорит он. — За свою жизнь мне нечего Бога гневит. Должность у меня — надо бы лучше да нельзя!

— Ты знаешь, кто я? — внезапно спрашивает он Павлю. — Я — лесной контролер Афанасий Туерогов, — продолжает он: — А допрежь этого я в акцизном ведомстве служил и был гальдеропным смотрителем. Бывало, чиновники сойдутся, а я шубы на вешалку и блаженствую. А ходил я тогда брюки навыпуск и в калошах, на манер господ. Калоши, нужно тебе сказать, я и лето и зиму с ног не скидал, потому изорвутся, мне и не жалко; два с полтиною выброшу, глазом не моргну. И знакомство у меня было нет того чище: губернаторский лакей и архиерейский кучер. Сойдусь в праздник в трактире с лакеем губернаторским и сейчас же к нему с вопросом: "А что твой барин сегодня на обед кушал?" — Свиной отбивной котлет, — скажет. — "А еще что?" — А еще сильвуплей с грифелями. "Сколько порциев съел?.. — Столько-то. И я сейчас же ладошками вот эдак вот хлопну и вдвое больше, чем губернатор съел, на каждое рыло закажу. Наедимся не хуже губернатора, просто как свиньи!

Туерогов глядит на Павлю с величественным жестом китайского императора из сумасшедшего дома. Все его лицо до последней морщинки освещено величием и дышит благоговением к своему дивному прошлому. Под печкою уныло скрипит сверчок, в окна глядит мутная ночь, и от каждого угла лесной хаты веет безысходной нуждою, но Туерогову нет до этого дела. Он гальдеропный смотритель! И он врет и врет. Даже, незоркий наблюдатель мог бы подметить в этом вранье ту же горькую нужду, которая избороздила лицо Павли морщинами и от которой Туерогов убежал в фантастические грезы о сильвуплеях с грифелями, как пьяница убегает в кабак. Но Павля этого не замечает. Он восторженно глядит на Туерогова и с благодушной улыбкою бескорыстно радуется чужому счастью.

Между тем, заговорив о еде, Туерогов ощущает голод.

— А не хочешь ли ты поесть? — спрашивает он Павлю. —

Разносолов в этой трущобе не достанешь, но хлеб у меня есть, и воды сколько хочешь.

И они ужинают тут же, за столом. Они едят ржаной хлеб, запивают его водою, которую они зачерпывают из пузатой чашки деревянными ложками. За ужином Туерогов врет, а все лицо Павли восторженно радуется и вкусной еде, и счастью ближнего. После ужина они укладываются спать: Туерогов на печке, Павля — на лавке. Керосиновая коптилка тухнет, и в избе делается темно. С печи Туерогов сначала интересуется, почему его гостя прозывают Чимбуком.

— А ты ничего не примечаешь? — отзывается тот с лавки.
— Когда я говорю, будто маненько присапливаю. Вот и выходит Чимбук.

Эта нелепость, в силу которой присапливающий человек должен называться Чимбуком, нисколько не поражает ни того, ни другого, и через минуту Туерогов вновь продолжает свои фантастические воспоминания.

— Есть у меня приятель, — говорит он. — Кульер в казенной палате. Из себя скабрезный такой: на каждой щеке бакенбард и ус щетиной. Бывало, придет на службу, и вся вказенная палата перед ним дыбом встает, а он молча им поклон, закон какой надо выскажет и опять в трактир. Насосется там винища и городом нагишкой хлещет. Кому что, а ему ничего. Губернатор только руками разводит. Ничего, говорит, с ним не могу поделать! Ежели, говорит, его в участок брать, так надо все знамена поднимать, потому что у него такой орден есть. Ну, и молчат! Так этот вот приятель самый пишет мне нонича: "Приезжай, сделай милость, на праздники; покуражимся с тобой, с цыганками поамуримся, свиных отбивных поедим. А конпания у нас будет первый сорт: я, ты, да пристяжный завсегдатай Дуботесов". Думал я, думал, отчего не съездить? Деньги есть, на кресте вот сейчас пять сотенных зашиты. Пораскинул мозгами — нет, жалко менять! Эдакое, братец ты мой, бывает пристрастие к деньгам!

Павля лежать на лавке, слушает и покрякивает. И перед его глазами проходит вся его жизнь, голодная и холодная, с каторжною работою, вымотавшею из него все силы. И так будет всегда, всю жизнь, до самой смертушки. Завтра, как нынче, как вчера... Он придет домой, и, едва обогревшись, уйдет вновь приискивать себе какой-нибудь работы, хоть самой тяжелой, самой каторжной, лишь бы только заткнуть вечно раскрытые рты его голодной семьи. Павля глядит в потолок широко раскрытыми глазами, и в его сердце начинает просыпаться зависть.

— Ведь вот, живут же люди, — думает он о леснике.

— И чего я только не ел, — разглагольствует на печке Туерогов. — Антрекот ел, бистрогон ел, пирожное, воздушный бульдог ел...

Долго говорит Туерогов, долго завистливо покрякивает на лавке Павля. И если бы Туерогов увидел сейчас лицо своего гостя, он перестал бы молоть вздор. Прежнего благодушия на лице Павли нет и следа. Оно все перекошено дикою и жестокою завистью.

— Обожрался, черт! — с ненавистью думает он о леснике, но в хате темно, лесник не видит лица своего гостя и все говорит и говорит.

— О, черт! — — вздыхает Павля и припоминает крест с пятьюстами рублей.

Наконец, лесник засыпает.

И вот, он видит сквозь сон, что его гость беспокойно ходит из угла в угол по избе, для чего-то пробует крюк у двери, зачем-то нагибается под лавку. Но, впрочем, нет, это не Павля. На его лице нет и следа благодушия; оно все искажено выражением диких и злобных чувств, льющихся из его глаз и наполняющих жутким трепетом сонное тело лесника. Это какой-то призрак. В избе тихо и мутно, а эти странные телодвижения призрачного мужичонки делают воздух хаты жутким до головокружения.

Лесник вздрагивает всем телом, открывает глаза и в ужасе пятится спиною в угол печки. Павля стоит у печки с топором в руке и тянется к его горлу маленькою костистою ручкой.

С минуту они глядят друг на друга безумными глазами. Леснику хочется кричать:

28

"Что ты? Опомнись! За что ты меня? За то, что я укрыл тебя от холодной ночи в теплой избе? За то, что я накормил тебя, голодного, моим хлебом-солью? Что ты? Или на тебе нет креста?"

Но лесник не говорит этого. Слова не выходят из его раскрытого рта и застревают в горле.

Но должно быть Павля и сам угадывает их страшный смысл. С ним происходит нечто необычайное. Внезапно он отскакивает от лесника, как от чудовища, быстро засовывает свой топор за кушак и, нахлобучив до самых глаз шапку, бомбою выскакивает из избы.

Через минуту его тонкие пальцы снова звонко барабанят по стеклу окна, и Туерогов, словно сквозь сон, слышит:

— Что ты со мною сделал! Голодному человеку и вдруг эдакие речи? Эх, подлец, подлец бить тебя некому! Если уж обожрался, молчал бы уж лучше!

Туерогов долго сидит на печке без смысла и движения. И вдруг ему делается жалко Павлю. Куда он пойдет ночью в этакий мороз.

Туерогова точно что осеняет. Без шапки и распоясской он выскакивает на крыльцо. От нервного ли потрясения или от чего другого, но ему хочется плакать. Ветер шумит в его ушах и развевает рубахою. Он глядит в ночную муть и громко кричит:

— Гей, гей! Павля! Павля Чимбук! Слушай, вернись! Нет у меня на кресте ни синя пороха! Матушка Владычица, один оржаной хлеб!.. Милый, сам я не лучше тебя, разрази Бог...

И он долго кричит на крыльце в развевающейся рубахе. Но Павли нет, он исчез среди мутной ночи, словно утонул...

ДОБРОЕ ДЕЛО

Урядник Синдяков входит в кабинет станового пристава и мрачным басом докладывает:

— Карпей Тихоныч кончаются-с.

Становой пристав Миловидов, шершавый и юркий блондин, с негодованием повертывает к уряднику свое лицо. Он только что возвратился с поездки по стану и потому находится в наисквернейшем расположении духа. Некоторое время он смотрит на урядника с ненавистью, а затем подскакивает к нему, выгибает корпус вперед и со злобою на всем лице шипит:

— Ну, и пусть его кончается! Мне-то какое дело? Я ведь не доктор и не священник!

Урядник пожимает широчайшими плечами.

— Так точно-с, — говорит он хриповатым басом, который он из почтительности к начальству пытается сократить до баритона: — Так точно-с, но только дохтор в сельце Репьевке находится, а отец Амвросий к благочинному за новым Филаретом уехамши.

Лицо пристава снова перекашивается злобою. Ему хочется кричать, кричать на всю квартиру, что нельзя так мучить человека! Он устал, устал до одурения, до того, что стал похож на осиновое полено и не способен более отличать правых от виноватых. Да-с, он измучен! Мертвые тела, кражи со взломом, истязания жен, беспатентная торговля вином, самовольные порубки лесов, недоимки, пьянство, членовредительство, — все это, как паук, высосало из него все соки и теперь в нем столько же смысла, сколько его в дохлой мухе!

Однако, пристав не говорит этого; он молчит, сокрушенно поглядывая на свои сапоги и глубоко засунув руки в карманы форменных шаровар. Урядник тоже безмолвствует.

В комнате делается тихо. Мутные осенние сумерки глядят в окна кабинета с выражением безысходной скуки. За окнами тонко и плаксиво, как иззябшая собачонка, воет ветер.

Наконец, становой приподнимает на урядника свой уже несколько умиротворенный взор.

— Ты у него был? — спрашивает он его.

— У Карпея Тихоныча? — догадывается урядник: — был-с.

— Что же он?

— Хрипят-с. Водку они трое суток кушали и вот-с... — урядник вздыхает и пожимает плечами: — а теперь кончаются, — добавляет он басом: — и вас к себе просят-с. Нечто сообщить, по всей видимости, желают-с.

Когда пристав надевает потертое форменное пальто, урядник с сожалением на лице сообщает ему:

— Все начальство у нас в расходе-с. Просто беда. Повивальная бабка и та не в своем виде: родит-с. Я было к ней, — не могу, — говорит. Я, говорит, пять лет терпела, родить времени не было, а теперь, говорит, извините, сама рожу-с! Просто беда, — снова вздыхает урядник.

Миловидов грязной и липкой улицей насквозь вымокшего села шлепает к дому Карпея Тихоныча. Кругом мутные осенние сумерки, склизкие и затхлые. В их мутном свете все предметы как бы растворились, потеряли форму и смысл и стали похожи друг на друга до скуки, до отвращения. Приставу делается даже страшно и жутко среди всей этой бестолковщины. Его лицо снова перекашивается в брезгливую гримасу, и он с отвращением думает:

"Господи, Боже мой, это не жизнь, а каторга. Скоро и детей крестить нас заставят. Сущее наказание! Осенью сведеньями одними доездили. Предводителю доставь об неурожае, в управу об урожае, в полицейское управление о недороде. Тьфу ты, пропасти на вас нет!"

Миловидов с отвращением плюет себе под ноги и входит в дом Карпея Тихоныча до того обалделый, что чуть не подает руки кухарке Маланье, которая встречает его в прихожей. Уже из прихожей слышен сухой хрип умирающего, и пока Миловидов разоблачается, Маланья, плаксиво сморкаясь в фартук, докладывает ему:

— Кончаются. Винище они трое суток цедили; две

четверти, Бог с ними, выцедили. Куда только, подумаешь, влезла эдакая уйма!

Миловидов, осторожно ступая, бочком входит в полуосвещенную спальню.

В спальне душно и сумрачно, пахнет деревянным маслом, богородской травой и еще чем-то тяжким, наводящим на размышление о смерти. У кивота горит зеленого стекла лампадка; ее свет наполняет всю комнату тусклым сумраком и бросает по полу мутно-зеленую, как болотная вода, тень. И все это, и тусклый сумрак, и тяжкий запах, сочетается в невозмутимую тишину прорезываемую лишь сухим и острым хрипом умирающего. По этой тишине и хрипу пристав сразу догадывается, что в этой комнате происходит борьба жизни и смерти, последняя борьба, в которой смерть обеспечила уже себе выигрыш; и пристав медленно подходит к постели умирающего.

Карпей Тихоныч лежит на высокой деревянной кровати под стеганым одеялом. Его нос обострился, голова глубоко ушла в розовые ситцевые подушки, а его борода, длинная и седая, высоко поднимается на тяжко дышащей груди. Его веки закрыты.

Миловидов с минуту глядит на него, покачивая головой, и затем говорит, стараясь придать своему голосу как можно больше нежности.

— Здравствуйте, Карпей Тихоныч! Что это вы шалить вздумали, голубчик?

Сухой и прозрачный взор останавливается на лице станового; одеяло шевелится, и Миловидов слышит:

— И-з-з-дыхаю... С-смерть... С-сядь... с-сюда...

Миловидов присаживается рядом на кончик стула и напрягает слух.

— Вс-сего было, — слышит он хрип Карпея Тихоныча, — был я подпас-с-ком... Поддувалой на кузнице был... Теперь... с-сорок тыс-сяч... Духовное с-сделано... Племянник в С-сызрани вс-се пропьет... С-слушай... Есть у меня... дес-сять тысяч... нигде не показанных... з-золотом набраны... в с-саду с-схоро-нены... в дупле... в яблони... у з-з-забора... Возьми ты их... и доброе дело с-сделай... по с-своему разумению... С-сам не придумаю... На церкву... не н-надо... Ж-жерт-вовано... С-сделаешь... Бог наградит...

Карпей Тихоныч умолкает. Миловидов уныло думает: "Здравствуйте! Еще новое поручение: доброе дело придумывать!"

Он хочет что-то сказать Карпею Тихонычу, но в это время стеганое одеяло усиленно начинает шевелиться, и Миловидов снова слышит сухой хрип:

— С-слушай...

Миловидов подставляет свое ухо вровень с розовою подушкою и точно замерзает... В комнате все тихо и неподвижно. Только за окном жалобно, как прозябшая собака, завывает ветер, да мутно-зеленая тень плавно бродит по полу от угла до угла. Миловидов напряженно ждет. Но вдруг он догадывается и поднимает свой испуганный взор на умолкшего. Карпей Тихоныч неподвижен, его взор тускл, рот полуоткрыт, а все его лицо похоже на маску. Миловидов поспешно поднимается со стула, крестится мелким крестом и идет к Маланье на кухню распорядиться, чтобы обмыли новопреставленного.

Через час Миловидов ходит из угла в угол по своему кабинету и усиленно думает. Он пытается придумать доброе дело, возложенное на него Карпеем Тихонычем. Сначала это кажется ему делом весьма легким. "Доброе дело придумать легче, чем плюнуть!" думает он. "Доброе дело само в голову влезет. Бог даст, придумаем, не ударим перед покойником лицом в грязь! Вот, например, открыть в сельце Репьевке школу — дело доброе. Сельцо это населенное, а школы нет. Школу, конечно, школу! Просвещение — важная статья!"

"Впрочем, школу ли? — продолжает размышлять Миловидов: — не другое ли что? а? Школа-то ведь у нас, пожалуй, бесполезна будет? Народ больно беден, ребят в подпаски нанимает; жрать нечего; до школы ли тут? А кто и кончит курс, через год все перезабудет. Хуже неграмотного станет. Потому, практики у него никакой нет. Книга-то когда ему в руки попадет? Библиотек-то ведь у нас не имеется. Нет, школы открывать преждевременно. Придумаем-ка еще что-нибудь".

"Вот разве библиотеку открыть?" — приходит на мысль Миловидову через минуту, но, однако, он сейчас же спохватывается.

"Эка, я куда хватил! Библиотеку! Школа не нужна, а библиотека нужна? Это ведь ересь, ерунда с квасом, кавардак! Нет, библиотека нам не модель! С библиотекой только мне работа прибавится: за библиотекарем наблюдай, да чего он дает народу, посматривай. Нет, библиотека не резон, надо другое что-нибудь. Вот разве больницу воздвигнуть? Больница вещь великолепная. Ребят у нас видимо-невидимо мрет, народ больной, чахлый, а здоровье прежде всего. Да, больница в самый фасон выйдет!"

Миловидов присаживается на стул, сосредоточенно глядит в пространство и думает:

"Только вот пойдет ли кто в больницу-то? Мужика-то ведь туда, пожалуй, на вожжах не втащить, боится мужик доктора, в знахаря верит! Знахарь ему серпом в глаз залезет, и он ни-ни, ни в одном глазе, не боится, а хирургический нож с комариный нос увидит — трясется. Нет, больница тоже не мотив! Еще под сердитую руку доктора ухлопают. Хлопот не оберешься. Нет, больницу к черту!"

Миловидов тихо поднимается с места и снова сосредоточенно ходит из угла в угол.

"Ночлежный дом для рабочих соорудить разве? — думает он: — рабочих у нас осенью тьмы идут; из-за Волги идут, с Кубани, с Дона; другой раз голодные, холодные, ободранные, без гроша в кармане, еле ползут, и на ночь притулиться негде!"

Эта мысль серьезно останавливает на себе внимание Миловидова, но, увы, и с нею он скоро расстается, так же, как и с предыдущими.

— Опасно это, — шепчет он себе под нос: — с места

слетишь. "Либерал", скажут, "народник, злоумышленник!" Себе на шею ночлежный-то дом выйдет! Нельзя. Опасно. Бог с ним!

Пять часов ходит Миловидов из угла в угол, усиленно думает, ерошит волосы и дергает себя за усы. Но все напрасно. Доброго дела он не находит. Он строит тысячу планов, тысячу предложений, но тотчас же разбивает их наголову. Он проектирует при своей квартире великолепную каменную "холодную" для высидки, снабженную электрическими звонками, телефоном и даже ванною. Но он сейчас же бросает и эту мысль, не без основания предполагая, что его "холодная" выйдет теплою, а этого тоже, вероятно, нельзя. Затем он освещает электрическим солнцем волостное правление, роет артезианский колодец, ищет на воздушном шаре пропавшего без вести Андре, устраивает восстание в Герцеговине и, наконец, выписывает на все десять тысяч тараканьего мору, чтобы истребить всех тараканов в уезде.

В конце концов, донельзя утомленный и обалделый, с головою, готовою лопнуть, он бухается на стул, к письменному столу, против тусклого окна.

Лампа погасла. В комнате темно; за окном неподвижно лежит бесцветная вязкая, насквозь промокшая земля, а над нею распростерто мутное, как бельмо, небо. Но и земля, и небо глядят на него без всякого выражения, без малейшего намека, который сумел бы толкнуть мысль пристава, и он с ненавистью на лице шепчет:

— О, проклятая служба!

Ему хочется плакать. Да, это служба вымотала из него все соки и убила в нем мысль до того, что он не способен придумать доброго дела. Он хуже осинового полена, хуже вымолоченного снопа, хуже сумки нищего, в которой все-таки хотя что-нибудь да есть, а в нем нет ничего, решительно ничего, кроме глупых служебных обязанностей, которые ровно никому не нужны.

Миловидов быстро вскакивает со стула. При мысли о служебных обязанностях он вспоминает, что завтра, в шесть часов утра, ему предстоит ехать в Репьевку, где он будет продавать за недоимку скот у мужиков с драными локтями. Миловидов поспешно раздевается, комком свертывается в постели и натягивает одеяло вплоть до шеи. Однако, ему не спится.

"Что же? — думает он, — продавать, так продавать!" Это его служебная обязанность. Он всюду является, как вестник всевозможных зол. Его вид пугает всех. Когда он показывается в селе, мужики прячутся по сеновалам, а бабы тащат на огороды свои холсты. Если он заглядывает в помещичью усадьбу, рабочие с испуганными лицами выгоняют через задние ворота скотину. Боятся описи.

— О, Боже мой! — вздыхает Миловидов.

Если бы у него было хоть маленькое именьице! Бросил бы он службу, жил бы тихо, смирно, никого не пугая; читал бы, размышлял, в гости к соседям ездил.

Миловидов едва не привскакивает на своей постели.

"Неужели же? — думает он. — Неужели же?"

Неужели же он, наконец-таки, нашел доброе дело? Да, да, да, он его нашел! Взять эти десять тысяч себе, немедленно уйти в отставку и жить тихо, смирно, никого не пугая. Разве это не доброе дело? Без сомнения, это и есть самое настоящее доброе дело.

Миловидов снова свертывается комочком на своей постели.

Да, это решено! Завтра же он пойдет к старой яблоне и вынет из ее дупла десять тысяч. Затем он подаст в отставку и купит маленькое именьице. В имении будет небольшой в четыре окна дом. И в этом доме польется тихая, безмятежная жизнь. С мужиками он будет ладить; когда нужно, деньги взаймы даст, трешницу, пятишницу. Вечерком к соседу-помещику заедет по душе покалякать. И сосед рад ему, сразу видно, что рад, на крыльцо вышел, обе руки протягивает, а лицо в широкую улыбку расползлось.

Боже, разве это не счастье?..

Ба-ба-ба! Это что такое? Мужики с хлебом-солью пришли? Что? С именинами? Да, он сегодня именинник! Спасибо, братцы! Избы крыть нечем? Возьмите у меня. Рад служить. Благодарю.

36

Миловидов глядит в пространство мягким, бархатным взором и по его носу медленно ползет слеза.

Когда урядник Синдяков входит в шесть часов утра в кабинет пристава, чтобы ехать вместе с ним в Репьевку продавать мужичий скот, Миловидов еще спит. На его губах блуждает блаженная улыбка. Он видит тихое поле и дом в четыре окна. На дом глядит ясное небо. У крыльца, на длинном шесте торчит скворечня. А на крыше поют скворцы.

МОЛОДОЙ ДРУГ

I

Ситниковы пили утренний чай на балконе. Балкон выходил в сад, сбегавший под изволок к небольшому продолговатому озеру. А за озером зеленела узкая полоска заливных лугов, перерезанная мелководной речонкой. Накануне упал дождик и в саду было прохладно и весело; веяло свежестью. Розовые цветы шиповника распространяли приятный запах, достигавший балкона и заливавший даже соседние с ним комнаты. Рядом с балконом на березе пела иволга, а дальше, поближе к озеру, куковала в ветлах кукушка. Она куковала медленно, с расстановкой, как бы ведя про себя счет и, отсчитав пяток, делала паузу.

Степан Иваныч Ситников, сорокапятилетний мужчина, крупный, толстоносый и белокурый, прихлебывал чай из своего стакана и говорил, поглядывая попеременно то на жену, то на студента Балдина. Перед чаем он ел яйца всмятку и его рыжеватые усы были испачканы яичным желтком. Он говорил:

— Итак, мой молодой друг, в природе собственно нет смерти или полного уничтожения существующего, а есть только видоизменения материи. Происходит нечто подобное горению. Вы видели в прошлом году на лекция химии, что сгоревшая под колпаком свеча, совершенно исчезнув для глаза, приобретает в весе. Нечто подобное происходит и с нами после смерти. Конечно, для нас в этом мало успокоительного, но все же мы можем утешать себя мыслью, что хотя человек и смертен, человечество все-таки бессмертно. А человек есть только неизмеримо малая часть человечества. И подобно тому, как человек есть ничто иное как колония простейших клеточек, так и люди, несовершенные и смертные каждый в отдельности, составляют в общем прекрасное и вечное целое — человечество, ради которого они, сознательно или бессознательно, трудятся, размножаются, совершенствуются и умирают.

Ситников замолчал, поймал концы испачканных яичным желтком усов и, задумчиво пососав их, снова выпустил. Надежда Алексеевна смотрела на его усы и думала: "Фи, какой он неряха, яиц опрятно поесть не может"!

Она внезапно рассердилась на мужа и заметила в слух:

— Степа, оботри усы.

Ситников машинально взял со стола салфетку, но снова бросил ее и продолжал, внимательно разглядывая Балдина близорукими глазами.

— Да, молодой друг, что касается лично меня, я не боюсь смерти. Я провожу жизнь в труде и научился почерпать в нем разумные наслаждения. Я знаю, что каковы бы ни были мои приобретения, увеличу ли я доходность своего земельного участка, улучшив скот и пашни, открою ли несколько научных истин — все это человечество примет с благодарностью, рассортирует, когда придет этому время, и приобщит к делу.

Ситников замолчал, отставил свой стакан и машинально стал сбрасывать со скатерти хлебные крошки.

— Степа, оботри усы, — повторила Надежда Алексеевна.

Она сидела у самовара, поставив локти на стол, и, подперев ладонями голову, смотрела на Балдина. Это был красивый и тонкий юноша, лет двадцати, с хорошими карими глазами и курчавыми волосами. Его верхняя губа, покрытая мягким пушком, тоже была испачкана яичным желтком, но Надежде Алексеевне это нисколько не казалось неопрятным. Балдину, как будто, это даже шло. По крайней мере, так находила Надежда Алексеевна. Она сравнивала его лицо с лицом мужа и думала про Ситникова: "Большеротый и тонкогубый, как лягушка!"

— Степа, оботри усы, — заметила она с раздражением. Ситников вытер губы, медленно встал из-за стола и сказал Балдину:

— Сегодня, мой молодой друг, вы свободны на целый день, я не буду диктовать вам своей "Зоологии". Поработаю один, так как приступаю к наисущественнейшим главам.

Ситников тяжелою походкою направился к балконной двери, но на пороге обернулся и спросил Балдина:

— А что вы теперь читаете?

— Клауса "Protozoa".

— И что же, нравится?

— Очень.

— Отлично, отлично!

Ситников исчез в дверях.

— А мы с вами давайте отправимся на остров, — сказала Балдину Надежда Алексеевна.

— Не знаю, мне бы хотелось почитать.

— Что почитать?

— "Protozoa".

— Полноте, успеете. Не берите примера с моего муженька. Почитайте лучше меня.

Надежда Алексеевна улыбнулась; на ее щеках появились две ямочки. Балдин сконфузился.

— Пожалуй, поедемте, — проговорил он, опуская глаза. Ехать ему не хотелось, но он совестился отказать жене своего патрона.

— Даша, убирай со стола! — крикнула Надежда Алексеевна и добавила, обращаясь к Балдину:

— Я вас буду любить, если вы сделаетесь послушным. Я люблю послушных.

Она бросила на стул посудное полотенце и, снова улыбнувшись, сказала Балдину:

— Подождите меня в саду, я сейчас приду, только захвачу зонт и полотенце.

Она зашелестела юбками и исчезла. Балдин спустился с балкона в сад и задумчиво пошел дорожкою. Тут он услышал в ветлах кукушку и проговорил мысленно: "Кукушка, кукушка, через сколько лет я буду знаменитостью?" Он стал считать, насчитал пятнадцать, но, рассердившись, бросил и подумал: "Ну, уж это дудки!" Он сорвал липовый листок и стал его жевать. Внезапно он вспомнил в то же время о Надеждк Алексеевне и подумал с досадою: "Зачем это ей полотенце-то понадобилось"?

— Ну, уж это дудки! — обратился он к кукушке, все еще

куковавшей: — Ну, уж это дудки! Если постараться, так можно через десять лет быть профессором.

II

Балдин оглянулся. К нему шла Надежда Алексеевна; она была в белом капоте, под красным зонтом и в красных сафьяновых туфельках. Через ее шею было перекинуто мохнатое полотенце.

— Ну, вот и я! — сказала она, улыбаясь и сверкая ровными зубами: — Идемте к лодке и едем на остров.

Балдин, молча, последовал за нею.

Они спустились под горку и луговиною направились к речке.

— О чем вы думаете? — спросила студента Надежда Алексеевна.

Балдин помолчал и ответил:

— Я думаю — какими средствами природа сгущает кислород в озон.

Надежда Алексеевна расхохоталась.

— И охота вам думать о таких глупостях! Человек вы молодой, а стараетесь подражать Степану Иванычу. Право, это совсем не умно! Вы молоды, идете гулять с хорошенькой женщиной, — ведь я очень хорошенькая, — и думаете Бог знает о каких глупостях. Нет, вас серьезно надо взять в руки, иначе вы совсем испортитесь.

Балдин покраснел. Надежда Алексеевна продолжала:

— Ну, чего вы краснеете? Скажите лучше откровенно, неужто вы никогда не думаете обо мне? Так-таки никогда, а? Никогда? Ну, будьте паинькой, скажите, что же вы молчите, точно в рот воды набрали?

Она затормошила студента за рукав. Балдин, потупившись, шел рядом с нею и молчал.

— Фу, какой вы упрямый! — вздохнула Надежда Алексеевна и тоже притихла.

41

Они уже подошли к берегу речки. Маленькая, выкрашенная в зеленый цвет лодка покачивалась у берега, привязанная к ветке ветлы. Речка распадалась здесь на два рукава и образовала по середине маленький зеленый островок, лежавший на светлой поверхности речонки, как большой лист лопуха. Надежда Алексеевна, подобрав капот, сошла в лодку и, поместившись на корме, скомандовала Балдину:

— Ну, Кислород Кислородыч, садитесь в весла. Балдин увидел ее черные чулки и покраснел. Через минуту они уже были на острове. Опушенный густыми порослями лозняка, он только издали походил на зеленый лопух. На самом же деле он представлял собою луговину, сплошь усеянную желтыми и лиловыми цветами, и вблизи походил на цветочную корзину. Посреди этой цветочной корзины возвышался густой и развесистый вяз. Одна из его веток, очень толстая, но совершенно сухая, выдвигалась далеко в сторону, точно вяз пытался уцепиться ею за противоположный берег, чтобы перетащить свое громоздкое тело туда. Может быть, ему казалось здесь тесно, а может быть ему надоедало монотонное гудение пчел, с утра до ночи толкавшихся над желтыми и лиловыми цветами.

Надежда Алексеевна привела своего спутника к этому вязу и, опустившись под его тенью, пригласила и студента.

— Садитесь и вы, Озон Озоныч!

Балдин беспрекословно последовал ее примеру.

Между тем, Надежда Алексеевна говорила:

— Боже, как здесь хорошо! А это монотонное гудение пчел, вы не боитесь, что оно загипнотизирует нас обоих и погрузит в любовные грезы? Ведь эти пчелы точно изнемогают от любви!

— Они не могут изнемогать от любви, — возразил Балдин: — это рабочие пчелы, они не знают любви и поэтому их соты так гениальны. Любовь не мешает их работе. Если бы люди никогда не любили, они сделались бы...

— Деревяшками, я это знаю, — перебила студента Надежда Алексеевна.

Балдин покраснел.

— Я вовсе не то хотел сказать, — проговорил он, но Надежда Алексеевна снова перебила его:

— Ну, если не гудение пчел, то цветочная пыль, которою мы дышим; ведь цветочная пыль — это, кажется, любовь цветов?

— Если хотите, это, пожалуй, их любовь, — отвечал Балдин: — но любовь исключительно мужская и, следовательно, может действовать только на женщину.

Надежда Алексеевна улыбнулась.

— То есть, вы хотите сказать, что совершенно застрахованы от всяких опасностей? Не завидую вам в таком случае!

Она помолчала и снова с усмешкою спросила студента:

— А скажите, пожалуйста, товарищи наверно зовут вас медвежонком, хомяком или тюленем? Не правда ли?

Балдин улыбнулся. Все его лицо внезапно стало светло и ясно, как у ребенка.

— Нет, — отвечал он: — товарищи зовут меня пентюхом. Пентюхом, перепентюхом, выпентюхом.

Надежда Алексеевна расхохоталась и встала на ноги.

— Ну, так до свидания, господин Перепентюх! Подождите меня здесь, а я пока схожу искупаться.

Она, все еще улыбаясь, направилась к обтянутой холстом купальне, белевшей на левом берегу острова. Балдин остался один.

Он лег на траву и думал о Надежде Алексеевне. "Когда я остаюсь один на один с этою женщиною, со мной творится что-то недоброе. Ее присутствие точно заражает меня чем-то. Я вижу только ее и думаю только о ней. Ее глаза, руки, ноги, губы точно распадаются на бесконечное количество атомов, которые проникают в меня, заражают и опьяняют. И мне хочется броситься на нее, измять ее, причинить ей боль. Боже мой, как это мучительно!" Балдин закрыл глаза.

Он лежал на траве и думал. Балдин — студент второго курса естественного факультета того университета, где Ситников состоит профессором зоологии. Балдин служит у него вот уже два года в качестве личного секретаря, Ситников диктует ему свою "Зоологию", обширный труд, который должен быть окончен, по предположениям Ситникова, года через четыре. Балдин — сирота без роду и племени, окончивший гимназию на счет благотворителей, и место у Ситникова, который платил ему тридцать рублей в месяц на всем готовом, было для него сущим кладом. Впрочем, и самого профессора он очень любил и смотрел на него с благоговением. В настоящее время он проводил лето в имении Ситникова.

Балдин приподнялся; он услышал знакомый шелест платья. К нему подходила Надежда Алексеевна. Эта была высокая и стройная брюнетка с слегка вздернутым носом и яркими губами. В ее серых глазах сверкали порою зеленые искорки.

— Вот и я, — сказала она и опустилась рядом со студентом.

Студенту казалось, что от всей ее фигуры отделялся запах необыкновенно приятный и свежий, похожий на запах шиповника. Она улыбалась.

— Дайте мне папиросу, я слышу гудение комара.

Балдин протянул ей свой портсигар, но она взяла не папиросу, а руку студента. У студента потемнело в глазах. Внезапно он схватил обе руки молодой женщины и почти со злобою потянул ее к себе. Каким-то образом она очутилась в его объятиях. Но в эту минуту студент услышал за своею спиною шорох в порослях лозняка. Он вздрогнул и вскочил на ноги. Ему показалось, что в порослях лозняка мелькнула чья-то фигура. Балдин круто повернулся и пошел к лодке. Надежда Алексеевна нагнала его у самой реки.

Когда они переезжали речку, студент все время молчал и думал:

"Я прикоснулся к этой женщине и теперь я всюду буду носить ее в себе, как заразу. Что мне делать? Что мне делать?"

А Надежда Алексеевна правила рулем, покачивала станом и в такт приговаривала:

— Пентюх, перепентюх, выпентюх!

III

За обедом Степан Иваныч выпил две больших рюмки водки и, поев щей из шпината с крутыми яйцами, слегка раскис. Он сопел носом, постоянно поправлял вылезавшую из-за ворота его рубашки салфетку и говорил Балдину:

— Все эти вулканические страсти, мой молодой друг, сатанинские увлечения и прочая романтическая дребедень обусловливаются ни более, ни менее, как некультурностью человека, его неразвитием и невоспитанностью. У культурных людей разум регулирует страсти, холодные выкладки ума мало-помалу выпирают их, да и слава Создателю! Ей Богу, все эти "ахи" да "охи" только тормозят дело человеческого развития. В самом деле, что дали человечеству страсти? Изуверов, четвертовавших людей из любви к всепрощающему Божеству; головорезов, сжигавших ценные библиотеки; диких мавров, душивших ни в чем неповинных Дездемон, и ни в чем неповинных Дездемон, доводящих диких мавров до самоубийства. И везде страсти! И везде страсти являются синонимом глупости.

Ситников замолчал, налил себе стакан красного вина и стал пить его медленными глоточками. Надежда Алексеевна сидела молча, как бы все еще слушая мужа, и думала: "А у него вся салфетка щами закапана!"

Между тем, Ситников продолжал:

— Мне скажут: страсть нужна поэту, художнику, музыканту. А я скажу: вздор, вздор и вздор! Гениальному поэту, художнику и музыканту нужен ум и только ум, ум могучий, холодный, неподкупный, несамообольщающийся. Только могучий ум творит гениальные вещи и творит медленно, по кусочкам, по капелькам, по атомам. А страсть хватает, правда, целыми пригоршнями, "с пылу, с жару — пятак за пару", но зато в этой пригоршне не золото, а битый черепок.

Ситников помолчал, переставил с места на место свой стакан и снова продолжал, разглядывая Балдина близорукими глазами:

— Будет время, ну, хоть в Европе-то, по крайней мере, когда всем страстям споют отходную. Люди перестанут влюбляться, беситься и ерундить, а будут разумно симпатизировать и разумно трудиться. Все шероховатости и резкости в характерах людей сгладятся и высококультурные люди будут походить один на другого, как теперь дикарь походит на дикаря. И тогда на земле воцарятся порядок и счастье. Это и будет золотым веком человечества.

Ситников замолчал, Надежда Алексеевна тихо рассмеялась.

— И скучища же будет в этом золотом веке, — сказала она: — в особенности, если все люди будут походить на тебя. Впрочем, меня не будет тогда в живых; как раз перед этим золотым веком я повешусь на первой осине!

Она снова рассмеялась и добавила:

— Слушай, Степа, я говорю совершенно серьезно: если ты, когда работаешь у себя в кабинете, действительно хлопочешь о том, чтоб все люди походили на тебя, то, клянусь Создателем, я забираюсь ночью к тебе в кабинет и немедленно сжигаю все твои холодные выкладки ума. Прими это к сведению!

И, улыбаясь, Надежда Алексеевна встала из-за стола. Балдин и Ситников последовали ее примеру. Степан Иваныч пошел к себе в кабинет соснуть, Надежда Алексеевна исчезла неизвестно куда, а Балдин отправился в сад. В деревне он обладал всегда волчьим аппетитом, за обедом несколько переедал и после чувствовал обыкновенно некоторую сонливость. Он прошел в маленькую с ажурными стенками беседку, лег там на кушетку и стал припоминать речь Ситникова. В беседке было тихо, приятный запах шиповника достигал Балдина и погружал его в дрему. Сквозь ажурный потолок он смотрел на синее небо, затянутое легкими облачками, белыми и воздушными как морская пена. И ему казалось, что он лежит на высокой горе и смотрит в море. У него закружилась голова, ему показалось, что он оторвался от земли и летит куда-то в пропасть. На минуту он раскрыл глаза и снова закрыл их. "На чем я остановился? — подумал он: — ах, да! От Надежды Алексеевны пахнет шиповником!" Он опять оторвался от земли, но на этот раз уже не раскрывал глаз. "Все это пустяки! — думал он: — главное не надо жениться на Надежде Алексеевне, она protozoa... Степашкин называл нищих сумчатыми, акробатов головоногими, а чинушей беспозвоночными..." Балдин улыбнулся. Ему показалось, что белая тучка спустилась к нему на грудь и стала щекотать своими щупальцами его глаза, уши и губы. Он внезапно раскрыл глаза. Перед его кушеткою на коленях стояла Надежда Алексеевна. Она улыбалась, прикасалась сочным цветком шиповника к глазам, ушам и губам студента и говорила:

— Сим приобщаю к моим верноподданным. Пусть эти глаза видят только меня, эти уши слышат только мой голос, а эти губы... но они и сами догадаются, что должны делать.

Балдин схватил молодую женщину за талию и сильно потянул ее к себе. В его глазах все перемешалось. Он видел только свежие, как лепестки шиповника, губы и затуманенные глаза.

Балдин вышел из беседки, вертя в руках смятый цветок шиповника. Он прошел на двор и долго бродил между постройками, еще весь полный какого-то очарования. Ему все мерещились свежие, как лепестки шиповника, губы. Но мало-помалу, по мере того, как он бродил по двору, это очарование исчезало, а из глубины сердца студента поднималось неприятное и жуткое ощущение; он как будто чего-то пугался. Сначала он даже недоумевал перед этим ощущением. Он направился к дому. Но едва он занес ногу на крыльцо, как увидел идущего к нему на встречу Ситникова. Балдина внезапно точно что ударило, он метнулся в сторону и спрятался за дверь. С неприятным ощущением страха и тревоги он простоял там до тех пор, пока Ситников, спустившись с крыльца, не скрылся за городьбою скотного двора. И тогда он поспешно направился в сад, вышел из калитки и, завернув затем налево, подошел к берегу речки. Здесь он все также встревоженно огляделся по сторонам и опустился на берег под кручею, с тем расчетом, чтобы его не было видно из усадьбы.

Он сидел на берегу реки и тоскливо думал: "Какая подлость, какая подлость! Как же я буду теперь смотреть в глаза Степану Иванычу? Ведь я же не в силах смотреть в его глаза? Ведь это же факт!"

Балдин привстал и снова опустился на берег. Тоска и тревога росли в его сердце с непомерною быстротою. "Однако, нужно же что-нибудь предпринять, — думал он: — нужно же на что-нибудь решиться!" Он обхватил руками голову, но внезапно вскочил на ноги, побледнев всем лицом. На дворе усадьбы чей-то голос крикнул: "А я сейчас пойду к речке!" и Балдину показалось, что это крикнул Степан Иваныч. Очевидно, он хочет идти к речке и сейчас Балдин встретится с ним лицом к лицу. Балдину стало страшно. У него замерло сердце. Он круто повернулся и, согнувшись, бегом бросился по неровному берегу речки. Его ноги натыкались на гляняные комья, он спотыкался и одною ногою ступал даже в воду, но он ничего этого не замечал. Таким образом, он пробежал несколько сажен и внезапно остановился, переводя дух. "Да ведь это же голос кучера, а не Степана Иваныча, — с тоскою подумал он: — чего же я бегу, как сумасшедший?"

Он растерянно огляделся и опять опустился на берег речки. "Нужно быть мужественным, — говорил он самому себе: — не топиться же мне в самом деле, не стреляться же? Нужно взять себя в руки и найти какой-нибудь выход. Сейчас у меня есть 15 рублей, до Москвы добраться хватит. Впрочем, в Москву я не поеду; там я могу осенью встретить Степана Иваныча. Поеду в Киев. Университет придется побоку и зоологию по боку, все по боку. Поступлю куда-нибудь чиновником хоть на 15 рублей в месяц. Буду питаться воблою и все-таки жить. Не топиться же мне в самом деле". Балдин потер себе лоб и продолжал свои размышления: "Степан Иваныч был для меня отцом, а я подлец, но все-таки нужно как-нибудь да жить. Главное, нужно отсюда исчезнуть. Через день я уеду отсюда, а сейчас нужно идти в дом. Хорошо, если там уже отпили чай, тогда я прямо пройду в свою комнату. Будут звать, скажу, болят зубы".

Балдин тихо приподнялся и пошел к усадьбе. Однако, он не прямо пошел в дом, а сперва завернул в сад. И в саду он пошел не алеею, а за кустами сирени, стараясь быть невидимым; он шел медленно, понуро опустив голову и как бы размышляя о чем-то; один его сапог был вымочен и весь измазан в глине, но он не замечал этого. "Нужно быть мужественным, — думал он в то время, как его сердце тревожно колотилось: — нужно взять себя в руки".

За кустами сирени он неожиданно наткнулся на садовника Еремеича; тот возился между двух молодых яблонь, из которых одну он только что окучил. Его розовая ситцевая рубаха, висевшая на его худом теле, как на шесте, еще была влажна от пота и темнела на плечах и спине. Еремеич стоял перед молодою кудрявою яблонькою, обильно залитою лучами заходящего солнца; по его взрытому морщинами лицу с покрасневшим от водки носом бродило что-то ласковое и приветливое. Он как будто улыбался яблоньке и бормотал себе под нос:

— Из этой девки прок выйдет, эта девка бабой доброй будет, яблоки хорошие рожать станет.

Он почесал тощую бороденку и добавил:

— Расти, Анютка.

Садовник повернулся к другой яблоньке, тощей, но дигилястой, и прошептал:

— А это дрянь девка, вертопрах девка, сбусырь девка. Эта рожать долго не будет. Эту я Глашкой звать буду, Глашка-замарашка.

Он увидел Балдина и улыбнулся во все лицо.

— А мне вас-то и надо, — сказал он: — я вас давно ищу, да вот с девками закалякался.

Еремеич придвинулся к Болдину и добавил:

— Я у вас денег хотел просить, не дадите ли вы мне пятерку дня на три. Деньги мне шибко нужны, сердце у меня сосет, пьянствовать мне эту неделю нужно.

Балдин растерялся. Садовник насмешливо смотрел на него и студенту казалось, что в его выцветших глазках сверкает что-то донельзя лукавое.

— Я еще к вам утром хотел подойти, — между тем, продолжал Еремеич, скашивая глаза и смотря только на одни губы Балдина: — утром, когда вы с барыней на острове были, да не посмел, признаться.

Балдин побледнел; садовник внезапно перенес свой взор с губ студента на его глаза.

— Не посмел — повторил он; — и когда вы с барыней в беседке были, тоже не посмел.

Балдин не смел заглянуть в лицо садовника и стоял бледный и растерянный. Он понял, что Еремеич пьян и что он знает все; он видел его с Надеждою Алексеевною и на острове и в беседке. Это ясно.

— Пятерочку бы мне, — пробормотал Еремеич.

Балдин порывисто достал кошелек; его руки слегка дрожали; он сунул пятирублевую кредитку в корявую руку садовника. Затем он повернулся и быстро пошел к дому со страхом в сердце, в то время как Еремеич бормотал за его спиною:

— Теперь мне самый раз запьянствовать. Анюточка и без меня расти хорошо будет, а Глашка все равно от рук отбивается. Глашка дрань-девка, сбусырь-девка, егоза-девка!

V

В доме Балдин не встретил никого и незаметно прошел к себе в угловую комнатку. Он запер на ключ дверь и в изнеможении упал на диванчик. "Еремеич знает все, — думал он: — он проболтается, он непременно проболтается. Господа, что это за ужас! Нужно скорее бежать отсюда, скорее, как можно скорее!" Между тем, в комнате уже стемнело. Наступил вечер. Слышно было, как пастухи, неистово горланя, и похлопывая арапниками, загоняли свои стада. Звеня ведрами, пробежали двором коровницы. Рабочие, мурлыкая песенки, вернулись с пашни. Кто-то крикнул: "Да затвори ворота-то, леший!" А Балдин все также неподвижно сидел на своем диванчике. Горничная два раза стучалась к нему в дверь, приглашая его сперва пить чай, а затем ужинать, но он не пошел, ссылаясь на зубную боль. Оп слышал, как Степан Иваныч отдал старосте свои приказания. Горничная, звеня в столовой посудою, убрала со стола, затем дунула в лампу, наткнулась на стул и наступила на хвост кошке. Надежда Алексеевна в ночных туфельках прошла коридором в спальню и пропела вполголоса, подражая сельскому дьячку:

— Пусть эти глаза видят только меня-я-я!

И затем все в доме стихло, усадьба заснула. Луна заглянула в окно к Балдину, посеребрила потолок, блеснула на стволах висевшего над диваном ружья, осветила этажерку с книгами и бледное лицо студента. Он неподвижно сидел на диване и думал: "Все, что я вижу в этой комнате, и это ружье, и эти книги, все это подарки Степана Иваныча, а я... Боже мой, какая низость, какая низость!.."

Внезапно Балдин вскочил с дивана. Ему послышался в саду какой-то шум, похожий на громкий говор; с бьющимся сердцем он подошел к окну.

"Боже мой, что это еще за ужасы!" думал он.

Он тихонько растворил окошко и заглянуть в сад. В тихой аллее, щедро залитой лунным сиянием, он увидал темные силуэты двух людей. Один из них как бы удерживал за локоть другого, который сильно барахтался, крутил шеей и шипел:

— Пусти, дурья голова, тебе сказываю, пусти! Сей минут до самого дойду! Подавай деньги и никаких! Всю деревню спою! Пусти, тебе говорят, щучий сын!

В барахтавшемся человеке Балдин узнал Еремеича, а в удерживавшем его — ночного караульщика Демьяна. Он понял, что садовник пьян, как стелька, и по своему обыкновению буянит. "Ведь он разбудит всех, — подумал Балдин о Еремеече: — разбудит и расскажет все!" Он выскочил в окошко и подбежал к барахтавшимся людям.

— Что вы тут делаете? — испуганно проговорил он: — ведь вы всех разбудите! Чего вам еще надо?

— До самого дойду, сей же минут дойду, — хрипел Еремеич, барахтаясь.

Демьян отпустил его локти и повернулся к Балдину.

— Да вот сами извольте рассудить, — сказал он, указывая на Еремеича: — опять винища наглохтился; на деревне, сказывают, пять целковых пропил, полдеревни, сказывают, перепоил. А теперь к барину лезет, денег просить хочет, а барин спит. Так нешто это дело?

Демьян покачал головою и, обращаясь к Еремеичу, добавил:

— Эх, ты, ерунда, право ерунда!

— И пойду к барину, и пойду, — наскакивал пьяный Еремеич.

— А руки на кушак хочешь?

— Чего?

— Руки на кушак?

— А в морду?

— Чего?

— В морду!

— А ты видел, как лягушки прыгают?

— Чего?

— Как лягушки? — и Демьян поднес к самому лицу Еремеича обросшую волосами фигу.

Еремеич задрожал от негодования.

— Вот чего твоей фиге, — крикнул он, захлебываясь, и он плюнул на пальцы Демьяна.

— Так ты вот как? — вскрикнул Демьян и схватил садовника за бока.

Балдин бросился между ними.

— Ради Бога, — заговорил он взволнованно: — ради Бога! Разве это можно? Ну, разве это можно!

Демьян выпустил пыхтевшего Еремеича.

— Ерунда ты, — сказал он: — взять бы вот этих самых лозанов да тебя, да на чем сидишь!

И он протянул руку к веткам кудрявой яблони.

— Не трожь Анюточку, — зашипел садовник, наскакивая на Демьяна, — голову за Анюточку оторву!

— Это ты-то оторвешь?

— Я!

— Ты?

— Я!

Они опять схватили друг друга за бока.

Балдин снова бросился между ними.

— Ради Бога, оставьте, — говорил он взволнованно, — ради Бога! Еремеич, успокойся! Ведь тебе нужны деньги? На, тебе деньги, на!

Балдин достал кошелек, извлек оттуда кредитку и совал ее в корявую руку садовника. Тот зажал ее в руке и отцепился от Демьяна.

— Ну, вот это так, — сказал он, тяжело отдуваясь. — А ты тоже! — добавил он, обращаясь к Демьяну. — Ведь мы знаем, что знаем!

Он лукаво погрозил Балдину пальцем и пьяною походкою пошел вон из сада. Демьян последовал за ним.

Балдин вернулся к себе в комнату, когда они были уже за садом. Он устало опустился на диван и услышал голос Демьяна, звучавший где-то у речки:

— На кушак бы тебе ручки, да в старую баню на недельку, как в прошлом году... на высидку... чтоб отстоялся, а то больно мутен стал!

"Слава Богу, что он никого не разбудил, — думал Балдин о Еремеиче, — однако, нужно уезжать отсюда, как можно скорее!"

Он прислонился к спинке дивана. Его сердце громко стучало. Он все еще не мог успокоиться от волнения, пережитого им в саду. Он долго просидел неподвижно и начал было забываться. Но внезапно снова вскочил с дивана. Ему послышался какой-то шум, теперь уже в самом доме. Его сердце снова мучительно замерло; он подскочил к двери, побледнел всем лицом и прислушался. Горничная, шлепая босыми ногами, торопливо пробежала коридором; свет ее свечи прошел сквозь щель и скользнул у самых ног Балдина. Степан Иваныч о чем-то громко разговаривал с женою, но Балдин не мог разобрать их слов; отчасти этому мешало громкое биение его сердца. Он стоял у двери, похолодев всем телом. Ему казалось, что весь дом узнал о том, что произошло сегодня в беседке, и это — причина шума. Может быть, сейчас Степан Иваныч придет сюда и ударит его по лицу. Это будет ужасно. Тогда он застрелится.

Балдин схватился за ручку двери. Он услышал приближающиеся шаги Степана Иваныча. Ситников шел к его комнате. Студент замер.

— Вы спите? — услышал он у самой двери голос Ситникова.

— Нет — прошептал он вздрагивая и чувствуя мелькание в глазах, — то есть, да!

— Отворите же поскорее дверь.

Студент молчал. Он положительно изнемогал от волнения.

— Отворите же дверь, — досадливо повторил Ситников.

— Я не одет, — наконец, проговорил Балдин и услышал:

— Ах, что за глупости! Впрочем, как хотите. Дело вот в чем. Тетушка Анна Ивановна умирает, сейчас прислала нарочного. Вероятно, у нее пустяки, но мы едем к ней сейчас же и пробудем там, вероятно, дня два. Так вы съездите завтра на хутор, там одна телка сегодня пала, посмотрите, не сибирка ли. Я было сам хотел, да вот теперь некогда. Посмотрите, нет ли сукровицы. По внешним признакам не узнаете, взрежьте и смотрите печень. После руки хорошенько вымойте. Сумеете?

— Сумею, — отвечал Балдин.

— Так, пожалуйста! Если сибирка, велите перегнать гурт на новое пастбище. Слышите?

— Слышу, — проговорил Балдин.

Ситников ушел, но снова тотчас же вернулся к двери.

— Да, вот еще что, — сказал он, — случится в доме пожар, спасайте прежде всего мой письменный стол, там моя "зоология". Слышите?

— Слышу.

— Пусть все горит, но ее спасите. Слышите?

— Слышу.

— Так, пожалуйста.

Ситников ушел и на этот раз уже не возвращался. Через несколько минут, Балдин услышал стук отъезжавшего от крыльца экипажа. Он понял, что это уезжали Ситниковы. Он подошел к дивану, улегся поудобнее и тотчас же заснул.

VI

Балдин проснулся поздно, но довольно бодрый; он поспешно умылся и вышел в столовую; там он узнал от горничной, что барин и барыня уехали ночью к тетушке Анне Ивановне, которая внезапно занемогла. Тетушка пишет в записке, что умирает, но, вероятно, это вздор. Этим летом она умирает вот уже третий раз, а прошлый год она умирала ровным счетом семь раз. Как что-нибудь лишнее скушает, так и умирает. Горничная смеялась, когда передавала студенту это. А Балдин пил чай и думал:

"Все это очень хорошо; пока они гостят у тетушки, я уеду потихоньку в Киев".

И от этих дум лицо студента принимало усталое выражение. Он напился чаю с булками, выпил стакан холодного молока и вернулся к себе в комнату. Здесь он занялся укладкою своих немногочисленных пожитков в объерзганный чемоданчик. Когда он укладывал свои вещи, в его голову внезапно пришла новая идея.

"Если я хочу, — подумал он, — насколько это возможно, загладить свою вину, я должен сознаться в ней и сообщить обо всем Степану Иванычу. Нужно на-писать ему письмо и положить его на письменный стол. А там придется исчезнуть".

Балдин присел к столу, написал Ситникову письмо и запечатал его в конверт. "Пусть я сделал подлость, — писал он, между прочим, — но раз я сознаюсь в ней, значит, я еще не совсем погибший человек". С этим конвертом он явился в кабинет Ситникова. Сперва он положил свое письмо на письменный стол и накрыл его пресс-папье, но это показалось ему недостаточно предусмотрительным. Прежде Ситникова в кабинет может войти Надежда Алексеевна и тогда его письмо никогда не попадет в руки Степана Иваныча. Студент задумался. И тогда он увидел, что письменный столь несколько рассохся, так что его крышка, над левым верхним ящиком, слегка приподнялась, образовав щель. Балдин сообразил, что его письмо, если постараться, пролезет сквозь эту щель и упадет как раз на листы Ситниковской "зоологии", которая хранится здесь. В этом случае его письма не увидит никто, кроме Ситникова. Студент повернул конверт ребром и стал осторожно протискивать его в щель. После нескольких усилий ему вполне удалось это. Письмо упало в запертый ящик стола. После этого Балдин окончательно успокоился о судьбе письма и вышел из кабинета. Затем он решил перед отъездом исполнить поручение Ситникова относительно скоропостижно павшей телки и пешком отправился на хутор. Чувствовал он себя довольно добропорядочно, так как думал, что все исполнено им вполне предусмотрительно. Вечером этого дня он непременно покинет усадьбу и уедет в Киев. Однако, на хуторе его несколько задержали и он возвратился в усадьбу только в пятом часу. Он наскоро пообедал и даже во время обеда пошутил с горничною, затем пешком же отправился на деревню. Там он наймет мужика который согласится подвезти его до ближайшей железнодорожной станции. Через двое суток он будет уже в Киеве, а Ситниковы не могут возвратиться от тетки ранее 10 часов вечера.

Балдин вышел было из ворот усадьбы и вдруг остановился и схватился руками за голову. Он побледнел; его щеки точно посыпали мелом.

"Боже мой, Боже мой, — подумал он с мучительною тоскою, — да с какими же деньгами я поеду в Киев, если я их все до последней копейки отдал ночью Еремеичу! Как я мог забыть об этом, как я только мог забыть!"

Он поспешно достал кошелек и проверил его содержимое. В его кошельке действительно было только 35 копеек. Балдин, шатаясь, подошел к речке, бессильно опустился на берег и зарыдал. "Как я мог забыть это, как я мог забыть! — думал он, рыдая, — ведь там письмо в запертом ящике, мое письмо, а мне не с чем ехать. Ведь я же не могу смотреть в глаза Степана Иваныча. Ведь мне одно остается — застрелиться!" Он плакал долго и горько и, наконец, как будто успокоился или, вернее, устал. Он медленно приподнялся и тихо поплелся к усадьбе. Ему казалось, что все пути к его спасению отрезаны, что он весь с головою запутался в сетях, что в этом перст судьбы. "Напакостил сам себе, как лютый враг, — думал он с тоскою, — и воображал, что все устроил, как нельзя лучше! Ведь мне остался один исход — застрелиться!" Балдин вошел к себе в комнату и сел у стола, подперев руками голову. Он знал, что его ружье заряжено, однако он не снимал его со стены и сидел неподвижно, с широко раскрытыми усталыми глазами. Часы шли за часами, а он не переменял даже позы. Он как будто окаменел. Ему казалось, что судьба заперла его в какую-то ловушку, в какую-то яму, где он должен погибнуть. Вероятно, это для кого-то нужно.

Только когда совершенно стемнело, в нем внезапно вспыхнула энергия. Он поспешно бросился в кабинет Ситникова, намереваясь попытаться всеми способами извлечь из ящика свое письмо. А там жить во что бы то ни стало. Хоть лгать, да жить, хоть подличать, да жить. Он провозился у стола несколько часов, пробуя подцепить письмо сквозь щель вязальной спицей и рыбным крючком и осмотрел стол со всех сторон. Его сердце громко стучало. Он работал упрямо и настойчиво, с энергией и злобою, до тех пор, пока не услышал знакомый стук экипажа Ситниковых. Он услышал голос Степана Иваныча. Его волнение возросло до последней степени. Горничная побежала навстречу приехавшим. Балдин услышал ее шаги и хотел крикнуть: "Настя, дай мне топор, дай мне топор!"

Если бы у него был топор, он расколол бы проклятый стол в щепки.

Однако, он ничего не крикнул. С горящими глазами он стоял у стола. У него подкашивались ноги, а в голове все вертелось. Голос Ситникова снова прозвучал в сенях. Кажется, он говорит что-то старосте; сейчас он придет сюда и тогда Балдин пропал. Балдин повел вокруг себя затуманенными глазами, ища спасения. И тогда он увидел на стене тяжелый чугунный безмен. Острая и мучительная боль обожгла Балдина. Он подскочил к стене, сорвал с гвоздя безмен и снова вернулся с ним к столу. Здесь, ничего не слыша от волнения, он высоко поднял безмен над своею головою и ударил им, как булавою, по крышке стола. Доска хрястнула, как проломленный череп, и широкая щель разорвала малиновое сукно стола. Студент швырнул безмен на пол, уцепился обеими руками за край стола и, напрягши всю свою силу, отломил широкий кусок раздробленной доски. Левый ящик стола был вскрыт. Студент увидел свое письмо, схватил его, спрятал в карман и повернулся лицом к двери. Ситников стоял уже в дверях и изумленными глазами смотрел на него.

— Голубчик, что вы тут делаете? — говорил он. — Зачем вы исковеркали мой стол?

Балдин молчал и стоял с белыми, как снег, щеками.

— Голубчик, да вы больны! — вскрикнул Ситников и поддержал за талию падавшего без чувств Балдина.

Студент был уложен в постель; Степан Иваныч и Надежда Алексеевна просидели у него до полуночи. Ситников поминутно слушал пульс студента и говорил:

— Берегите, мой друг, здоровье. Жизнь человеческая стоит очень дорого; она нужна всему человечеству.

Балдин лежал бледный и слабый; он чувствовал себя больным и ему как будто было приятно сознавать это. А когда Ситниковы, осторожно ступая, ушли из его комнаты, он достал свое письмо, разорвал его на мелкие кусочки и положил их в печку. Эти кусочки он поджег спичкою, пепел растер кочергою в порошок, а затем старательно загреб его под золу.

НА ПУТИ

Когда я вошел к ним, она сидела у окна, трепещущая и возбужденная. Все ее молодое, красивое и выразительное лицо было в красных пятнах. Ее темные глаза горели негодованием, а яркие, резко очерченные губы вздрагивали. В ту минуту, когда я отворял дверь, она что-то громко кричала мужу, энергичным жестом повернув к нему голову, так что синие жилы надулись на ее белой шее, как бечёвки. Муж, сидевший на диване полуодетый, бледный и худой с втянутыми щеками из которых болезнь высосала всю кровь, покашливая, отвечал ей:

— Царство мое не от мира сего! Кха-кха... Помнишь ли ты это? Я уже слышу... Кха-кха... одним ухом погребальный звон над собою.

Я вошел и прервал их ссору. Муж, очевидно, обрадовался мне от души, но жена взглянула на меня косо и сказала мне "здравствуйте" таким тоном, точно обругала. Она вся еще дышала ссорою. Ее грудь тяжело приподнималась, а глаза горели. Это были небогатые землевладельцы из бывших однодворцев — Свиридовы. Их хуторок с 40 десятинами земли стоял в поле, у глубокого оврага, в двух верстах от села Широкого, там, где вьется дорога через это село в город Энск.

Путешествуя из этого городка в те места, где я жил, я нередко заезжал к Свиридовым. На этот раз я заехал к ним вечером накануне Пасхи, в красильную субботу. Мне предстояло провести у них ночь, так как я узнал, что переправа через речку Мылву не безопасна, а путешествовать по этой беспокойной реченке ночью мне не хотелось.

Я сидел в горенке Свиридова, докладывая ему обо всем этом. Стоявшая на столе лампа освещала хорошо вымытую и принарядившуюся ради праздника комнату. Даже листья воскового плюща лоснились совершенно по праздничному. В кивоте озаренном голубоватым светом лампадки, Пантелеймон-Целитель воздевал к небу свои высохшие от поста и желтые, как воск, руки. рядом, на стене, в натертой деревянным маслом раме помещался князь Барятинский, кутаясь в косматую бурку. Два таракана разглядывали ордена генерала с такою любознательностью, точно они и сами состояли на государственной службе. В комнате пахло воском, деревянным маслом и тяжело больным.

Свиридов, слушая меня сидел неподвижно на своем диване и учащенно с хрипом дышал. Я знал, что он умирает вот уже четвертый год.

— А мы вот все с Настенькой ссоримся, — говорил он мне, покашливая, немного спустя: — не поехала она к заутрени-то. Работницу отпустила, а сама со мною, лядащим осталась. Кха-кха... Добрая она-то!

Настасья Петровна круто повернула к мужу свое лицо. Ее глаза все еще были полны негодования. Казалось, она хотела изрыгнуть по адресу мужа что-нибудь очень грубое, но воздержалась не без усилия. И тогда она с искривленным лицом сказала мне:

— А у нас вам плохо ночевать будет: клопов у нас видимо-невидимо.

Я просил ее не беспокоиться.

— И Илья Иванович по ночам кашляет тяжко, — добавила она: — проехать бы вам лучше две версты к Сорокиным; Сорокины много чище нас живут.

Я снова попросил ее не беспокоиться.

— Да с чего вы взяли что я беспокоюсь-то? — сердито сказала она и встала.

— Настя, — перебил ее муж, укоризненно качая головою — ах, Настя, Настя!

— И сама знаю, что Настя, — огрызнулась та и добавила, обращаясь ко мне:

— Я на кухню иду, а вы хотите — спать ложитесь, а хотите — с ним хоть до вторых петухов балясничайте! — и указав резким жестом на мужа, она вышла, сердито хлопнув дверью.

Поговорив около часа со Свиридовым, мы, наконец, улеглись спать, он за перегородкою, я в передней комнате на диване.

Однако, мне не спалось. Я не привык спать в эту ночь и, тщетно проворочавшись с боку на бок, я, наконец, надел пальто и вышел в прилегавший к домику сад.

В саду было тихо и темно. На небе яркими группами, точно собравшись на совещание, горели звезды, пошевеливая лучами. Оттаявшая земля наполняла воздух теми благоуханиями ранней весны, которые так бодрят человека и сообщают ему столько новых сил и надежд. Я люблю этот запах оттаявшей почвы и пробудившейся жизни. Он так густ и тягуч, что его пьешь, как воду.

Я сел между двумя кустами сирени на покосившуюся скамейку. Отсюда я видел за садом пенившуюся и бурлившую полосу реки Мылвы, несшей на своем хребте истаявшие льдины своих притоков. За Мылвою на холме горели огни села Широкого. Белый профиль церкви с фонарем на колокольне вздымался среди темных избенок, как остроконечный маяк. Я сидел и думал, о чем думается обыкновенно в вешнюю ночь, среди невозмутимой тишины, под сияние звезд. Эти думы бывают похожи на песню. И вдруг я услышал неподалеку от себя шепот.

Я оглянулся. За кустом орешника в нескольких саженях от меня, стояли мужчина и женщина. Несмотря на мрак, я сразу узнал их. Это были Настасья Петровна и мелкий торговец хлебом Тарасов, принадлежавший, как мне было известно, к какой-то безпоповской секте. Среднего роста и курчавый брюнет, он стоял перед нею, молодцевато упершись левою рукою в бок.

— Так придешь? — приговорил он, поглядывая то на свои щегольские сапоги, то на Настасью Петровну.

Он, очевидно, рисовался.

— Только свистните, — отвечала та, кутаясь в темный платок и вздрагивая. Свой разговор они вели вполголоса.

— То-то-с, — продолжал, рисуясь и покачиваясь на каблуках, Тарасов.

— Главное дело, помни: придешь, буду жить с тобой, как с женою, и на тятеньку не посмотрю. А не придешь, на Красную горку повенчаюсь. Невеста готова: две тысячи деньгами и дом с мезонином. Мезонин доктор под квартеру снимает.

— Слушаю, Григорий Пахомыч, — прошептала Свиридова.

Тарасов недовольно махнул рукою, как бы останавливая ее.

— А ты не трещи, как сорока.

Он опять закачался на каблуках и стал рассматривать на своей руке золотой перстень.

— Мы теперь от тятеньки выдел полностью получили, — продолжал он — и теперь на жительство в город Энск едем. Завтра утром с 12-часовым. Помни это!

— Я, Григорий Пахомыч... — прошептала Свиридова и не кончила.

— Не трещи — перебил ее Тарасов.

И, подбоченившись фертом, он продолжал:

— Тятенька перед выделом нас обчекрыжить хотели, но только мы им в руки не дались. И сами скользки и увертливы. Через адвоката тятеньке напомнили, что капиталы не ихние, а нашей покойной маменьки, и этим тятеньке рот замазали. А нужно тебе сказать, что тятенька свои капиталы на маменькино имя перевел, когда маменька покойная еще живы были, а тятенька обанкрутиться задумали.

Тарасов тихо рассмеялся. Свиридова смотрела на него с умилением. Я знал, что она по своим воззрениям женщина честная, но, очевидно, всякая мерзость, выходившая из уст Тарасова, казалась ей верхом добродетели.

Между тем, Тарасов продолжал:

— Так помни! Завтра, как десять часов пробьет, ты вон из дверей и беги на мельницу к Перфилихе. Да с собой ничего не бери, я тебя и голую возьму. Поняла?

— Поняла, Григорий Пахомыч, — прошептала Настасья Петровна, вздрагивая.

— На мельницу прибежишь, там теперь никого нет, поверни к старому каузу и там Василия кликни. Василий тебя на вокзал доставит. Помни, поезд в 12 часов отходит. Опоздаешь, пеняй на себя. На Красную горку женюсь. Так вот тебе мой наказ. А затем до свиданья!

Тарасов молодцевато приподнял с курчавой головы шапку и двинулся прочь.

— Постойте, Григорий Пахомыч, миленький — прошептала Свиридова, трепеща всем телом.

Она бросилась к нему.

— Завтра я буду на мельнице, вы только свистните, и я, как собака, прибегу! — шептала ока, захлебываясь и трепеща: — Муж изобьет, я на карачках приползу, но только вы скажите, скажите ради Господа, любите ли вы меня вот хоть столечко? — и она показала на ноготь своего мизинца.

Она ждала его ответа и смотрела на него глазами, полными слез. Ее взор выражал и безграничную любовь, и жажду рабства, и бесконечную преданность, и испуг. Так глядит собака в глаза хозяина, только что исполосовавшего ее тяжелою плетью. В глазах человека я никогда не видал подобного выражения.

Тарасов рассмеялся и сказал:

— А тебе на что это знать?

Она повисла у него на шее и замерла. И в эту минуту гулкий удар церковного колокола прилетел в сад и упал рядом с ними. Это произошло так неожиданно, что они отскочили друг от друга чуть не на сажень, точно между ними упал не звук, а бомба. Свиридова глазами, полными слез, заглянула вдаль. Мне казалось, что ее лицо выражало гнев на этот звук, оторвавший ее от любимого человека. Я тоже смотрел за реку.

Там, в селе, мимо белевшего профиля церкви, среди мрака и тумана, двигались тысячи огненных точек. Можно было подумать, что рои светящихся насекомых блуждают там среди мрака и холода, отыскивая путь к свету.

— О-о-с е-е-се из ме-е-ых! — прилетело в сад!

Я понял, что это поют "Христос Воскресе".

Тарасов молчаливо удалился, исчезнув во мраке. Настасья Петровна скрылась тоже. Колокольный звон, торжественно колеблясь, несся по саду. Темные силуэты деревьев стояли притихшие и оцепенелые, испуская сильный запах раскрывшихся к жизни почек.

Я вернулся в горенку и лег на диван. За перегородкою слышался страстный шепот молившегося Свиридова. Слышно было, как он то опускался на колени, то поднимался снова, крестясь и покашливая. Наконец, он улегся, пожелав покойной ночи жене. Та отвечала ему нехотя откуда-то из угла.

Я все лежал на диване с открытыми глазами. Голубоватое пятно бродило по потолку от горевшей перед иконами лампадки. Князь Барятинский по-прежнему хмурился в своей раме. Святой Пантелеймон все так же в молитвенном экстазе воздевал к небу свои высохшие от поста руки; и вдруг все лицо князя сморщилось, точно силясь улыбнуться; он выдвинулся из рамы и зашептал мне в самое лицо:

— Чавчавадзе, Чавчавадзе!..

По всей вероятности, это жевал впросонках губами Свиридов, но я уже не мог сообразить этого. Я заснул. В комнате сразу стало тихо, как в могиле. Пантелеймон-Целитель внезапно горько и подавленно разрыдался.

Вероятно, это рыдала в своей постели Настасья Петровна.

Когда я проснулся, было уже 10 часов. Свиридов покашливал за перегородкою. Я вспомнил происшествия этой ночи и, поспешно одевшись, вышел на двор. Мне хотелось узнать, ушла ли Настасья Петровна на мельницу. Солнечное утро сильно пригревало землю. По лицу земли, по пашням и саду шло веселое ликование. Сильный запах пробудившейся жизни разливался повсюду: от земли, от воздуха, от реки и деревянных построек. Даже на старых сосновых досках забора янтарными каплями выступила вытопленная солнцем смола.

Я стоял в воротах, прислушиваясь к вешнему говору.

И тут я увидел Настасью Петровну.

Она быстро шла по направлению к оврагу, подобрав сбоку платье и перепрыгивая через сверкающие как стекло лужи. Я понял, что она идет на мельницу, и смотрел на ее спину, волнообразно колыхавшуюся от сильных движений. Вскоре она скрылась под скатом оврага и затем снова появилась в русле, загибая вправо.

И в эту минуту по дороге от мельницы показались несшие

образа крестьяне, "богоносцы", как их называют по деревням. Их было человек десять. Без шапок в ярких рубахах и темных кафтанах, они мерно вышагивали по грязной дороге под пение "Христос воскресе". Высокий парень нес впереди икону Божией Матери, водруженную на длинное древко. Белая с золотым крестом хоругвь развевалась по ветру. По одну сторону Божьей Матери несли темное, закапанное воском Распятие, по другую — Евангелие в лиловом переплете. На его серебряных застежках мигало солнце.

Шествие медленно подвигалось среди ясного утра. Божия Матерь точно плыла по воздуху, показывая миру Своего Ребенка и благословляя Им землю. Между тем, Настасья Петровна, выкарабкавшись на противоположный скат оврага увидела это шествие, преградившее ей дорогу к мельнице. На минуту она остановилась как бы ошеломленная и затем, круто повернувшись и слегка согнувшись, она снова сбежала в русло. Все так же пригибаясь, она пробежала руслом несколько десятков сажен и снова выскочила на скат.

Но и отсюда она увидела преграждавшее ей дорогу шествие. Божия Матерь точно благословляла ее Своим Ребенком.

Настасья Петровна, пригнувшись чуть не к самой земле, снова сбежала в русло. Тут она заметалась направо и налево с искаженным лицом, точно застигнутая врасплох чем-то ужасным. Ясно было, что в ней происходила мучительная борьба; было видно, что у нее не хватает сил пройти мимо крестного шествия, а между тем, все ее существо зовет ее туда, на мельницу, к двенадцатичасовому поезду. И она продолжала беспорядочно метаться. Тем временем, крестный ход уже приблизился к самому скату оврага, и Настасья Петровна увидела это. Ее точно что ударило. Она опустилась на землю и вцепилась пальцами в свои волосы. Борьба, очевидно, окончилась.

До моего слуха долетел пронзительный вопль. В нем было столько страдания, что мне хотелось бежать туда, к ней на помощь.

Когда Настасья Петровна, пошатываясь, проходила мимо меня вслед за образами в ворота своего хутора, в лице ее не было ни кровинки. Ее глаза потухли. Навсегда ли, не умею сказать. Через час я уже переезжал Мылву.

ОХОТА НА СЛОНА

В детской пусто; дети перебрались в кабинет, где они намереваются устроить охоту на слона; кабинет отца всегда настраивает их на героический лад. Во всем доме, кроме детей, нет ни души. Отец занят по хозяйству в конторе; мать уехала в соседнее село за покупками, а няня и горничная, пользуясь отсутствием хозяев, улизнули на кухню.

В доме тихо; на дворе осенние сумерки. Дети стоят посреди кабинета и ведут совещание по поводу предстоящей охоты. Их четверо. Старший Митя — ему девять лет; с младшими он обращается несколько свысока, по-начальнически. Второму, Грише — восемь лет; перед старшим он благоговеет и старается подражать ему во всем, хотя по характеру он — полная ему противоположность. Митя — фантазер и сангвиник, Гриша — скептик и флегма. Третьему — Лёве шесть лет. Это попросту озорник; сосредоточить на чем-нибудь свое внимание он не может, и его глаза, быстрые и живые, постоянно перебегают с предмета на предмет. Начальства он не признает, подчиняться не желает и свои предприятия любит исполнять самостоятельно за свой риск и страх. Четвертая — девочка — Лидочка, четырехлетний карапуз. Ничего своего, сколько-нибудь определенного, у нее нет; она всех слушается и на всех глядит с одинаковым благоговением. Лёвы, впрочем, она несколько сторонится, в особенности, если в ее руках какое-нибудь лакомство. Она боится с его стороны нарушения права собственности, которой Лёва не признает. У него свои законы: что взял, то и его.

Совещание свое дети ведут вполголоса.

— Вот что, господа, — говорит Митя. — Мы будем играть в охоту на слона. Хорошо?

— Хорошо, — соглашается Гриша с благоговением.

Лидочка кивает своею белокурою головкою, а Лёва тоже желает изъявить свое согласие, но мысли помимо его воли делают крутой поворот, и он показывает старшему брату язык.

— Вот вам и охота на свонов, — говорит он.

Буква "л" ему несколько не удается. При этом он начинает прыгать на одной ножке по кабинету и кричать во весь голос:

— Вот вам свон, вот вам свон!

Пока он прыгает, Митя сердито кричит ему:

— Лёвка, убирайся отсюда, гадость!

В то же время Гриша почтительно смотрит в рот Мите, а Лидочка поглядывает на всех с одинаковым благоговением. Между тем, Лёва удаляется из кабинета по собственному своему желанно, и слышно, как он прыгает по коридору на одной ножке вплоть до детской. И когда в кабинете снова делается тихо, Митя продолжает:

— Мы будем играть в охоту на слона. Я буду великий путешественник, а ты будешь мой друг, — говорит он Грише. — Так?

Гриша почтительно кивает головою.

— А я? — спрашивает Лидочка.

— А ты никто не будешь. Ты играть не умеешь, ты маленькая, — отвечает ей Митя.

Лидочка подносит свой кулачки к глазам, она готова расплакаться. Гриша, у которого сердце нежнее, пробует заступиться за сестру и почтительнейше докладывает брату, что и Лидочке нужно дать какую-нибудь роль, конечно, не столь ответственную, как роль великого путешественника или его друга, но все-таки роль. Общими силами они, наконец, подыскивают Лидочке соответствующее амплуа. Она будет собакою великого путешественника. При этом известии личико Лидочки освещается неописуемым блаженством, точно быть собакою великого путешественника было ее давнишним затаенным желанием, наконец-то осуществившимся. В то же время великий путешественник, показывая на углы кабинета, говорит:

— Здесь будет Африка, здесь — Азия, а здесь...

Однако, географические познания великого путешественника ограничиваются только этими частями света, и как он ни напрягает свою память, он не находит в ней ни одного клочка земли. Лицо его делается сосредоточенным. Он даже пробует залезть мизинцем к себе в нос, очевидно, рассчитывая извлечь оттуда третью часть света, но, увы, и там он ее не находит. И тогда друг великого путешественника нерешительно подсказывает своему покровителю:

— А здесь Петровский уезд разве?

— Да, да, — соглашается с ним великий путешественник. — Здесь Африка, здесь Азия, а здесь Петровский уезд.

Между тем, во время этих географических изысканий Лидочка ведет себя с некоторым беспокойством. Глаза ее полны недоумения, и она то и дело оглядывается назад. Ввиду этого, великий путешественник обращает на нее свое благосклонное внимание и даже кое-что заподозривает. Однако, его подозрения не оправдываются; на вопрос, что с ней? — Лидочка отвечает:

— Я табата, а тата нету.

И она с недоумением разводит руками. Она хочет сказать, что она собака, а между тем у нее нет хвоста, и что это обстоятельство она считает весьма для себя оскорбительным. Путешественник и его друг вполне разделяют ее соображения, и вот все трое они устремляются на поиски собачьего хвоста. Вскоре они его находят тут же, в кабинете, и из шнура портьеры великий путешественник пристраивает своей собаке великолепный малиновый хвост с кистью. Собака в восторге, а великий путешественник объявляет:

— Ну-с, идемте в Африку!

Игра начинается.

Долго они ходят по Африке, и великий путешественник то и дело дико вскрикивает:

— Посмотрите, какая туча!

— Вот лес, так лес!

— А солнце-то какое? Грома-а-дное!

И дети слышат шелест листьев и видят громадное солнце Африки. Впрочем, Гриша в начале игры этого не слышит и не видит; его губы слегка трогает скептическая усмешка, но из благоговения к великому путешественнику он притворяется, что слышит и видит все, что тот подсказывает ему. Однако, вскоре и скептицизм Гриши испаряется; он входит в игру всеми своими чувствами. И тогда дети начинают понимать друг друга уже без слов. Великий путешественник не издает более ни одного возгласа. Слова им не нужны, они разговаривают сияньем глаз, мимикою, телодвижениями. Лица их дышат счастьем, и хорошенькое личико собаки сияет лучезарнее всех. Вероятно, быть собакою много занятнее, чем человеком, хотя бы он был великий путешественник или его друг. Дети понемногу уходят в свои роли с головою. Впрочем, Лидочка на минуту отвлекает их внимание и обращается к великому путешественнику с вопросом. Оказывается, Лидочка желает знать, какого роста путешественник, его друг и собака. Как женщина, она интересуется больше внешностью героев игры. Митя знает, что у Лидочки три меры длины: "до неба", "с дом" и "с меня", и он сообщает ей, что великий путешественник ростом "до неба", его друг "с дом", а собака "с нее". Узнав, что собака как раз с нее ростом, Лидочка восторженно хлопает в ладоши.

Вопросы Лидочки несколько расхолаживают игру, но дети быстро настраивают себя на прежний лад и снова входят в роли. Только Лидочке приходится раза два указать надлежащее место, так как она пробует вмешиваться в разговор великого путешественника с его другом, а, между тем, ей как собаке, разговаривать не полагается, что ей и ставят на вид. Лидочка выслушивает замечания покорно и складывает на животике свои крошечные руки. После этого игра уже не нарушается ничем. В кабинете больше нет детей там сидит великий путешественник, ростом до неба, его друг — с дом, и собака, величиною с четырехлетнюю девочку. Между тем, лица играющих внезапно принимают беспокойное выражение: они видят слона, который желает перекочевать из Африки в Петровский уезд. Нужно ловить момент, иначе слон уйдет. И охота начинается. Первым бросается на слона великий путешественник, за ним следует его друг. Впрочем, последний долго не решается вступить со слоном в борьбу, и в то время, как его покровитель, отчаянно размахивая по воздуху руками и ногами, борется с диким животным, он стоит неподвижно в почтительном от слона расстоянии, и на его лице крупными буквами написана робость. Однако, в конце концов, самоотверженность берет верх над трусостью, и он бросается на помощь к своему покровителю; он подбегает к слону, быстро повертывается к нему задом и, зажмурив от страха глаза, лягает его правою ногою с такою силою, что едва не падает на пол. После такого удара слон уже наверное умер, но, тем не менее, друг великого путешественника из предосторожности быстро удаляется подальше, в Петровский уезд, чтобы снова набраться там самоотверженности для вторичного натиска. Из Петровского уезда он хорошо видит, как великий путешественник с неуязвимою храбростью громит в Африке слона руками и ногами и от воодушевления брызжет слюною, в то время, как его собака, потеряв от азарта голову стоит на четвереньках и отчаянно дерет зубами свой: собственный хвост. Такое, зрелище придает другу великого путешественника столько мужества, что он, забыв об опасностях, с бешенством бросается на слона. И охотники начинают возить слона по полу кабинета с редкою энергиею. Они мотают его из одного угла в другой, из Африки в Петровский уезд, из Петровского уезда в Азию, и, в конце концов, они убивают его насмерть. Сравнительно, слон достается им очень дешево: хвост собаки, искусанный ее же зубами теряет свою первоначальную свежесть.

После убиения слона, они садятся на пол с мокрыми лбами и горящими глазами и отдыхают. Во время отдыха ведется оживленный разговор по поводу убитого слона, и в этот разговор вступает даже собака. Слышатся возгласы:

— Как я его подсвечником!

— А он меня за руку цапнул! Как больно!

— А я тьяна татом!

Последний возглас принадлежит собаке, но ее уже никто не останавливает. Каждый занят своими личными воспоминаниями. Между тем, пока ведется этот разговор, в щелку двери глядят лукавые глаза Лёвы. Он подглядывает за отдыхающей компаниею и, очевидно, намеревается нечто предпринять. Он грозит в пространство пальцем, беззвучно смеется всем лицом, подкидывает коленями и вообще всеми движениями выражает крайнее нетерпение. Видимо, он намерен сделать нападение на отдыхающую компанию, составил уже план атаки и ждет только благоприятного момента. Момент этот скоро наступает. Лёва бросается на собаку великана путешественника и отрывает у нее ее гордость, ее великолепный хвост, вместе с которым он удирает в столовую. Великий путешественник бросается со всех ног за дерзким похитителем собачьего хвоста, а верная свита следует за ним по пятам; при этом собака исступленно визжит, и по ее визгу охотники догадываются, что хвост их собаки оторван, — о, ужас! "С мясом"! В сердцах преследователей вспыхивает дикая злоба. Если они догонят наглого похитителя, они сделают с ним то же, что сделали со слоном (то есть решительно-таки ничего). Охотники, как ураган, несутся в столовую, но на пороге столовой их встречает мать...

ОПТИМИСТ И ПЕССИМИСТ

Зной невыносимый. Плоская равнина у Колтуевских колодцев вся выжжена солнцем. Три колодца высоко торчат в воздухе своими долговязыми журавлями и издали напоминают собою трех пасущихся жирафов, основательно высушенных голодом. Тишина вокруг мертвая. Кажется, что все живое сгорело в лучах солнца и превратилось в блеск и зной. Из тощих кустиков красного тальника, торчащего у пыльной дороги, столбом вымахнет порою грач, но, сделав в горячем воздухе несколько неловких движений, снова комком падает в куст, точно спалив себе крылья. В поле вся рожь свернулась клубками и, согнув стебель, как горбатую спину, прячет от солнца колос. А овес беспомощно растопырил жидкую кисть и напоминает своим взъерошенным видом обнищавшего мужичонка. Сразу видно, что ему приходится донельзя туго.

И вся эта плоская равнина, свалявшаяся в клубки рожь и взъерошенный овес — совершенно неподвижны и безмолвны. Только у трех колодцев заметно некоторое оживление. Здесь, у этих колодцев, где скрещиваются две дороги, вечно ютятся прохожие странники и богомолки, "путешествующие и недугующие", и земля около их полусгнивших срубов, вся выбитая сапогом и лаптем, безжизненна, как камень.

В настоящую минуту у колодцев сидят, завтракая из деревянных чашечек, два человечка. Один из них точильщик, другой — книгоноша. Это видно по точильному станку и по коробу с книгами, которые каждый из них принес с собою. Точильщик зовет книгоношу Пономарем, а книгоноша точильщика — Костенигою. Познакомились они тут же у колодца всего несколько минут тому назад и теперь за завтраком ведут беседу. По выражению их лиц, по разговору и даже по их позам сразу видно, что Пономарь отчаянный пессимист, а Костенига, напротив, ярый оптимист.

Костенига расположился с некоторым комфортом, подстелив под себя свернутый кафтан и привалившись спиною к своему станку. Ростом он не высок, но приземист и, видимо, пользуется цветущим здоровьем.

Пономарь же принадлежит к разряду тех людей, которых обыкновенно называют "халудинами". Он долог и тонок; лицо его, землистого цвета и худощавое, скошено в брезгливую гримасу, точно он страдает катаром. И сел он на угол своего короба в самой неудобной позе, как будто нарочно желая доставить себе несколько неприятных минута. Даже свой несложный завтрак они приготовляли каждый по-своему, так что уже по одним этим приготовлениям можно было догадаться о мировоззрении того и другого. Костенига готовился к еде не без удовольствия. Он аккуратно сполоснул свою чашечку, зачерпнул воды сколько нужно, ни больше, ни меньше, аккуратно накрошил ножичком хлебца и лучку, а всю эту смесь полил конопляным маслом, расплывшимся по воде зелеными звездами. Пономарь же чашки своей не споласкивал, воды зачерпнул сразу, сколько попалось, и, вырвав из своего каравая один мякиш, сердито швырнул его на дно чашки. Вообще, всеми движениями он как будто хотел сказать:

— А, черт его побери, как бы не есть, лишь бы есть!

Улыбаются они тоже каждый по-своему. Костенига хохочет всем лицом и даже носом, который у него от улыбки весь как-то вывертывается кверху. А Пономарь улыбается криво, только одною половиною губ, между тем как другая половина совершенно не сочувствует первой и даже как будто в сильной на нее претензии за это.

Пономарь ест почти с отвращением и с отвращением говорит:

— И баб и мужиков я, Костенига, презираю; от белого света у меня с души прет, а когда я мальчишку или девчонку вижу, так у меня руки чешутся за вихры их отодрать. Знаю я, Костенига, что из кажнаго мальчишки либо жулик, либо шалопай выйдет, а из девчонки потаскушка или дурья голова.

Пономарь болезненно кривит губы. Его нос тоже кривится и кажется, что он хочет понюхать, чем пахнет его левая щека.

— Господи, до чего в тебе горечи! — вскрикивает Костенига и, вылизывает с ложки зеленые звезды масла.

— Вон он белый свет-то, — продолжает Пономарь, криво улыбаясь: — погляди на него, полюбуйся! Очень хорош! Солнце всю траву съело, поля плешивые стоят, по дорогам пыль в нос лезет. Живописно!

Пономарь сердито сует себе под усы ложку, Костенига со вкусом хлебает свою тюрю.

— Что ж, если и пыль? — наконец, выговаривает он: — от пыли-то бывает, как от табаку — прочихаешься. Оно даже приятно другой раз!

— Приятно, — передразнивает его Пономарь: — приятно! Солнце весь хлеб сожрет, голод зимой будет, попомни ты мое слово! Ребятишки с голода синеть станут, бабы рады будут младенцев своих жрать, мужиков перемрет видимо-невидимо! Вот тебе и приятно будет. Приятно! — снова гримасничает он.

Голос Пономаря звучит торжественно. По лицу Костениги проходит темное облако; он испуганно поднимает голову к небу и минуту молчит, точно окаменев. Но внезапно его лицо как бы освещается.

— Голоду не будет, — убежденно заявляет он: — завтра дождь упадет. Рожь сам-двадцать уродится, овес в избу ростом вымахнет и, глядишь, мужики зимой себе еще золотые часы покупать станут. Пермяки же в третьем году покупали!

Пономарь слушает его и улыбается одною половиною губ, между тем как другая их половина как будто даже хочет укусить первую.

— Часы мужикам не нужны, — возражает он: — воровать ночью ходят, а ночью все равно: который час — не разглядишь!

Он сердито выплескивает из своей чашки воду и остаток мякиша. Костенига тоже прячет чашку, ложку и каравай хлеба в мешок.

Между тем, временами зной умеряется; светлый диск солнца закрывается порою легкой, как пар, тучкой. В поле сразу делается прохладнее; рожь как будто несколько выпрямляется; кое-где неуверенно и робко выглянет колосок, кое-где скрипнет кузнечик. Но тучка быстро сгорает в огне солнца и зной по-прежнему начинает, накаливать землю. Рожь снова прячет свой колос и кузнечик умолкает.

75

Эти перемены настроений походят на некоторую борьбу. Природа как будто попеременно принимает то сторону Пономаря, то сторону Костениги.

— Зол ты, ох, как зол! — вздыхает Костенига, обращая свое курносоватое лицо к Пономарю.

Тот небрежно свертывает цигарку.

— Не от чего мне добрым-то быть, — говорит он с гримасою. — Прожил я на свете сорок годов и все сорок годов меня людишки и вдоль и поперек, так их растак, шпыняли. Всего, собаки, изъездили! Ребенком родители меня сроду никогда пальцем не тронули, уму-разуму отродясь не учили, точно я им чужой был. А во мне разум-то может как в другом камергере был. Женился я по своей доброй воле на голой дуре, прельстившись на ее харю. А родители мои тут как тут: "С радостью вас, сыночек, благословляем и всего наилучшего вам, сыночек милый, желаем!" Женился я, и жена мне на другой же месяц хуже горькой редьки опостылела, потому что она только всего и делала, что в глаза мне, как собака, глядела. Пробовал я с нею и так и эдак. Лежу, бывало, целую неделю на печке, а она хоть бы что, за двоих одна в поле управляется и ни словечка не скажет, словно ей работа чистый сахар. Пробовал я по цельным ночам по кабакам прогуливать и тут ничего не вышло. Молчит моя женушка, как аспид! Приду я из кабака домой, она и не взглянет косо, а знай свои холсты, как дура, ткет. И ни словечка! Пропадал я из дому на год, а то на два, — она на чужих мужиков и не взглянет ласково. Одним словом, камень бесчувственный, а не человек! Пропил я тут с горя все, что после моих родителей мне осталося, и нанялся к камер-юнкеру Ашметьеву в приказчики на 120 рублей в год жалованья и его харч. Жил я у него, смотри, года два. Вижу я только, барин совсем неподходящий, в хозяйских делах ни уха, ни рыла не смыслит и начал я у него жалованье все вперед и вперед забирать. Чувствую, барин не нынче завтра в банкроты выйдет, так лучше, думаю, себя за раньше времени обеспечить, чтобы от него какого обмана не произошло. И продал я у него тихомолком 25 шкирд оржаного хлеба прямо из поля. Все равно, думаю, пропадут за ним мои денежки рано поздно. Только спохватился тут барин и на меня в суд. Однако, судьи меня, так их растак, оправдали. Занялся я после этого книгами, но только, конешно, дуракам книги не нужны и теперь у меня в кармане единый гривенник!

Пономарь с отвращением плюет на окурок, далеко зашвыривает его в кусты и с кривою усмешкою умолкает. Говорить начинает Костенига. Говорит он с восхищением захлебываясь и вздергивая кверху свой нос, а иногда даже брызжет слюнкою.

— А я от людей окроме хорошего ничего не видал, — говорить он. — Нужно сказать правду. Родители мои, царство им небесное, меня, можно сказать, ежеминутно драли, уму-разуму наставляли, меня блюли! Не покладая рук, можно сказать, др-р-али, за что им от меня по гроб жизни сыновняя бла-а-дар-ность и вечный помин.

Костенига набожно снимает промасленную фуражечку, набожно крестится и продолжает:

— Женили они меня силком и я от жены моей спервоначалу цельный месяц в старый овин прятался. Конешно, глуп был и счастья своего не понимал. Жена моя личиком не совсем аккуратна вышла: рябовата она и носик у нее манёхонько на левую сторону фальшит. Оначе, пожили мы с нею год, два, стерпелись, слюбились. Баба она хоть и ленивая, но добрая. Конечно, и она, признаться, не без греха. Случится мне когда надолго уйтить, так у нее там свои бабьи дела с парнями бывают; трое ребяток у меня, признаться, кто ее знает — от кого. Хотя пожаловаться грех, ребятишки из себя крепенькие. Только пожили мы с ней и беднеть стали. Работал я, можно сказать, как вол, да пожары нас обездолили. Что ни год, — горим, милый ты человек! Подумал я, подумал и нанялся к купцу Проскудину в рабочие за сорок за пять рублей в год. В первый же год не додал мне Проскудин десять рублей. Нанялся я к нему на другой год за тридцать восемь. Очень уж он уступить просил, да и я думаю, все равно он мне не додать сколько ему хочется может, так чего же мне самого-то себя зря обманывать. Не додал он мне, девствительно, за второй год всего-навсего рупь сорок. Нанялся я к нему на третий год. И случись тут грех. Пропали из табуна из Проскудинского две лошади, что ни на есть лучше, и как-то там вышло, что я кругом виноват оказался. Подал на меня Проскудин в суд. Конешно, ему со стороны-то не видно, я ли виноват или кто другой, но только, милый ты человек, не трогал я лошадей Проскудинских даже пальцем. Осудили меня в суде на шесть месяцев в острог. В суде-то тоже, конешно, не разобрать, я ли виноват или другой кто. Отсидел я, голубь ты мой, в остроге пять месяцев и вдруг лезорюция: "Костенигу ослобонить — настоящий вор объявился!"

— Вот она правда-то матушка, — добавляет Костенига с восхищением на всем лице: — и в огне не горит и в воде не тонет! Рано ли, поздно, а свое скажет! Да! Скажет!

Глаза Костениги глядят восторженно, все его лицо сияет и даже как-то хорошеет. С минуту он молчит подавленный: величием правды и затем продолжает:

— В скорости после этого начал я по деревням ходить, точить у добрых людей ножи, ножницы. На судьбу свою мне пожаловаться нельзя; сыт я и обут, всякое довольствие имею, и по сейчас у меня в мошне, ни много, ни мала, десять рублев копейка в копеечку!

— Так-то, голубь, — добавляет Костенига и хлопает рукою по левому карману.

Пономарь косится на его карман с ненавистью.

Они умолкают и долго сидят в неподвижных позах, каждый со своею думою. Наконец, Пономарь слезает с короба и ложится соснуть прямо на землю, только слегка отвернув от солнца лицо. Костенига следует его примеру и укладывается в тень своего точила. Через минуту они оба как будто забываются. Вокруг делается тихо.

Между тем, из красных прутьев тальника неловко вылетает грач и садится недалеко от того места, где валяется выброшенный Пономарем мякиш. Мякиш, очевидно, нравится грачу; грач косится на него одним глазом и начинает тихонько приближаться к нему, припрыгивая боком.

— Кшиш, подлый! — кричит Пономарь, открывая глаза, и отпугивает птицу рукою.

Его лицо перекашивается от гнева и боли. Вид у него положительно страдающий.

— Кшиш, подлюга! — кричит он: — Воры, анафемы! Готовники, так вас растак!

Грач взлетает и садится на пыльную дорогу, косясь на мякиш. Костенига поднимается со своего места, подходит к мякишу и отшвыривает его носком сапога поближе к грачу.

— Кушай, сердяга! — угощает он грача.

Грач торопливо схватывает мякиш и исчезает вместе с ним в красных прутьях тальника.

Костенига снова укладывается в тень своего точила и говорит, укоризненно крутя головою:

— Сколько в тебе горечи, Пономарь, сколько горечи. Птица — и та тебе мешает!

Пономарь возится на солнцепеке.

— Да на что он нужен, грач-то твой? И подохнет, так никто не почешется.

— Грач нужен, — авторитетно заявляет Костенига: — грач вредного червя ест.

— Ну, а вредный червь на что нужен? — позевывает Пономарь и кривит губы.

— И вредный червь нужен, — говорит Костенига и на минуту задумывается: — вредный червь нужен, чтоб его грач ел!

И они оба снова умолкают, утомленные зноем. Солнце по-прежнему накаливает безмолвную равнину. Костенига вскоре начинает весело посвистывать носом. Пономарь приподнимает землистое лицо и долго глядит на спящего. Затем он неловко встает на долговязые ноги, подходит к спящему, осторожно лезет рукою в его левый карман и вытаскивает оттуда кошелек Костениги. Костенига улыбается сквозь сон и Пономарь, с ненавистью оглядывая его улыбку, думает:

— У него деньги воруют, а он, тля паршивая, улыбается еще! Эх, ты! Кабы знать, что не проснешься, дал бы я тебе тумака в рыло! У меня посмеялся бы тогда!

Пономарь сердито считает деньги в кошельке Костениги и прячет кошелек в свой карман. Затем он берет короб и мрачно удаляется пыльною дорогою. Когда Костенига открывает глаза, Пономарь уже далеко, но его еще видно Костениге и он весело кричит ему вслед:

— Проща-а-й, дру-у-г! Когда-нибудь може свидимся, голу-у-бь!

Пономарь оборачивается к нему и машет рукою, как будто желая сказать:

— Ну тебя, провались ты совсем, анафема!

А Костенига, желая закурить на дорогу, лезет в карман и не находит там кошелька. На лице его отражается беспокойство. Он мечется туда и сюда, но кошелька нет, как нет. Наконец, он заглядывает в колодец и думает:

— Смотри, в колодец кошелек обронил, когда воду черпал!

Однако, он обескуражен; несколько минут он грустно чешет в затылке, чмокает губами и глядит на свои разбитые сапоги. Но затем жизнерадостное выражение снова появляется на его лице и вздергивает его нос кверху. "Эх была не была, — думает он: — завтра может сотельный билет заработаю".

Он в последний раз быстро повертывается к мрачно вышагивающему Пономарю и во весь голос кричит:

— Прощай, дру-у-г! голу-у-бь! родимы-ы-й!

Тот не оборачивается.

Костенига надевает свою котомочку за спину, пристраивает на плече точило и пускается в путь, в направлении, противоположном Пономарю. Постепенно они начинают уходить друг от друга. Пономарь вышагивает, уныло вытянув вперед шею и делая крупный шаг, точно он спешит уйти от этой скучной равнины, от горячего солнца и от всего белого света. А Костенига идет слегка припрыгивая, вертя плечами и заломив набекрень свою замасленную фуражечку.

Скоро они оба исчезают в знойном блеске горячего дня, словно их выжигает с лица земли солнцем.

ПИСЬМО

Один из блестящих адвокатов столицы получил довольно объемистый и тщательно запечатанный конверт. Когда конверт был вскрыт им, в нем оказалась рукопись в два писчих листа; адвокат тотчас же принялся за чтение и, по мере того, как он поглощал резко написанные строки рукописи, глаза его раскрывались все шире и шире, и все худощавое лицо адвоката принимало выражение полнейшего недоумения.

В рукописи этой заключалось следующее:

"Помните ли вы меня? Помните ли вы защитительную речь, сказанную вами 15 ноября в зале Энского окружного суда, 12 лет тому назад? Как вы хорошо говорили тогда, какие рукоплескания загремели после вашей блестящей речи, а когда представители общественной совести вынесли мне оправдательный приговор, поведение дам приняло положительно буйный характер. А дам в этот день в зале суда было больше, чем много. Еще бы! Интеллигентный убийца, видный общественный деятель на скамье подсудимых; дикий ревнивец, убивший любовника своей жены. О, здесь есть что послушать и на кого посмотреть!

А я был безукоризнен, не правда ли, в роли убийцы? Я был бледен, "демонически" бледен, мой сюртук сидел на мне классически, а мой белый атласный галстук и фарфоровая грудь моей сорочки были "белее альпийских снегов", как поют в опере. Да, я мог бы иметь большой успех среди дам после моего процесса, но я устал, я очень устал, и мне было совсем не до того...

Впрочем, возвращаюсь снова к моим воспоминаниям. Помните ли вы выход моей жены, тогда свидетельницы, во всем черном, с донельзя усталым видом? Какой шепот пробежал среди дам при ее появлении! Как она робко говорила, великодушно принимая на себя всю вину! А показание моего лакея, Ивана Степашкина, внезапно заявившего, что в тот момент, когда он прибежал в кабинет после выстрела,

Аркадский лежал на полу с простреленною головою и в его окоченелых руках были зажаты пачки кредиток, забрызганных кровью? Как заволновалась зала суда после такого показания! Но я вывернулся, я очень ловко вывернулся. Дело оказалось ясным; деньги я вручил Аркадскому, как задаток в счет приданного, так как он, по уговору, должен был жениться на моей жене — после ее развода со мною. Он был бос и наг, и я вручил ему деньги. Вручил, а потом выстрелил, — потому что аффект! Я, видите ли, хотел поступить, как наивеликодушнейший человек — но аффект-с!

А когда стала говорить старушка в коричневом платье, мать убитого, подметили ли вы мой полный отчаяния жест? Уже тогда мне мучительно хотелось крикнуть всю правду, но я сломил себя и молчал, кусая губы. Да, этот жест тоже аффект! Ах, господа, господа, поверьте мне, выстрел не аффект и таких аффектов не бывает. Выстрел, удар ножом из-за угла, измена, братоубийство, лицемерие, изнасилование, — это не аффекты, это кровь и плоть наша, наша суть, наше достояние, которое мы вечно таскаем за собою, как улитка скорлупу. А вот жест отчаяния убийцы, когда говорит мать убитого, прыжок со скалы к утопающему, жертва собою, верность, святость, вот эти слезы, которые бегут сейчас из моих глаз, — это все аффекты, вымученные ради нас гениями мира, я не знаю для каких целей!

Да, господин адвокат, что, если вы защищали великолепнейший экземпляра негодяя? Что, если я дурачил вас всех и лгал 12 лет; 12 лет таская на своей спине это гнусное бремя? Но, увы, теперь моя песенка спета, мне не к чему лгать, я ухожу в те страны, откуда не возвращался еще ни один путешественник, и я хочу говорить только правду, одну правду.

Слушайте же меня!

Я любил ее горячо, нехорошо любил и ревновал мучительно. Были ли у меня поводы к этому? Осязательных — нет, ни пол-повода, а косвенных, психологических, тонких и почти неуловимых — миллиарды. И поэтому я страдал. Что такое ревность? Что такое любовь?

Любовь, по-моему, есть мучительное стремление человека разрушать то одиночество, на которое он обречен на земле; результатом такого стремления является желание постичь душу любимого человека, как свою собственную, и слиться с ней воедино, а ревность вытекает из невозможности достичь ни того, ни другого. Таковы были причины и моей ревности.

Кто была моя жена? По наружности это была белокурая женщина, среднего роста, тонкая и стройная, с бледным лицом и скучающими серыми глазами. Что же касается до ее содержания, то о нем я ничего не знал, решительно ничего. Я знал только, что ее глаза, скучающие обыкновенно, заволакивались порою томною влагою и принимали выражение, как будто она вся изнемогала от страсти и вожделений под чьими-то неведомыми поцелуями. И это выражение, чрезвычайно мимолетное, ее глаза принимали по большей части, когда она слушала музыку или была среди мужчин или наслаждалась летним вечером. В эти минуты я ревновал ее мучительно, бешено, ко всему окружающему ее, ко всем мужчинам, к воздуху, которым она дышала, к собаке, которую она ласкала. Я весь трепетал и горел и стремился угадать ее мысли в те мгновения, жаждал заглянуть в ее душу и знал, что мне никогда не достичь этого, что тут гранитная стена, которую мне не разбить никакими усилиями. И я ревновал и бесновался с судорогами во всех членах. О-о, что это была за мука!

Перед моею женитьбою на ней, она вдовела два года, и эти два года были для меня землею неизвестною. Как жила она это время, чем увлекалась, что думала, о чем грезила во сне — разве я мог узнать об этом каким-нибудь способом? И я полюбил ее неизвестную, и женился на ней, и поставил себе целью, стремлением всей моей жизни постичь ее, заглянуть когда-нибудь в ее душу, хотя бы мне пришлось увидеть там целый ад. После трехлетнего супружества она родила сына и когда Аркадский упал в моем кабинете с простреленным виском, ребенку было уже два года. Спешу сделать маленькую оговорку. Несколько месяцев перед рождением ребенка и затем в продолжение полугода я не видел ни разу в глазах жены того выражен которое повергало меня в бешенство. А потом все начала по-старому и я снова попал в застенок.

Часто я ломал себе голову, пытаясь создать в своем воображении точный образ жены. Кто же она в самом деле? Как муж, я знал, что она чувственна, а из того, что она отвергала в себе эту чувственность, отвергала, конечно, намеками, в разговорах, я смело заключил, что она страдает ею в преувеличенных размерах, возмущавших остаток ее целомудрия.

А чувственность — это вечно жаждущий зверь; она ищет все новых и новых жертв, так как она тотчас же пресыщается ими; она жаждет измены ради измены, измены ради беснования духа. Кто будет ее жертвой — орел или мышь — ей безразлично, она жаждет нового. И только.

И если это так, жена изменяет мне; с кем — почем я знаю!

Порою я думал даже так: пусть измены не существует в данном случае физиологически, пусть жена верна мне телом своим, но раз измена живет в ее душе, как мечта, как образ, как психоз, раз в душе этой женщины есть бесконечная жажда измены, жажда, которая томит ее почти против ее воли, раз мы все созданы такими и измена не находит лишь времени и места для своего проявления, или пугливо прячется из трусости быть разоблаченною, — это нисколько не изменяет сути; я не хочу этой верности из-под палки, я проклинаю ее и жажду всем сердцем измены, фактической измены, лишь бы только измена эта открыла мне глаза. И меня день и ночь жгли вопросы: кто же мы? Однолюбцы, чистые сердцем и жестоко побивающие блудниц каменьями, или блудницы, для чего-то прикидывающиеся однолюбцами? Часто по ночам я лежал в своей постели с широко открытыми неподвижными глазами, с громко бьющимся сердцем, мучась почти в конвульсиях, строя тысячи предположений, тысячи планов и способов, которые помогли бы мне разрушить стену, рассеять мрак, заглянуть на дно пропасти. И я не находил таких способов и скрежетал зубами. И вот, однажды, в одну из таких ужасных ночей без сна, когда я лежал с холодными конечностями и горящими глазами, меня осенила внезапно счастливая мысль, гениальная идея, почти откровение свыше. Я даже расхохотался от радости и так громко, что разбудил жену. Ее поразил мой наглый и холодный смех, но вы простите мне его, так как он был вызван пятилетнею пыткою в застенке в ту минуту, когда мне мелькнула надежда на то, что муки мои окончатся, и я увижу скоро Божий свет.

Кое-как я успокоил жену, но она все еще долго ворчала спросонок и все допытывалась, чему я так глупо расхохотался. Чтобы успокоить ее окончательно, я завернулся в одеяло и притворился спящим. Она улеглась, и когда я услышал ее ровное дыхание, я снова сел на своей постели, мучимый нетерпением поскорее привести в исполнение свой план, и глядел в окно широкими глазами и ликовал, ликовал. Моя идея, как и все гениальные идеи, была замечательно проста и незатейлива. Я решился окружить попечением то семя, которое закинуто в душу человека чертом, дать ему все удобства, пищу и пойло, а затем посмотреть какой-то фрукт из него вылупится.

Когда утренняя заря заиграла на сошниках плугов, стоявших у сарая, и превратила в серебряную звезду валявшийся на крыше погреба осколок жестянки, я упал на подушки и уснул.

На следующее же утро я выехал в Петербург, сказав жене какую-то околесицу.

Маленькая оговорка. Если бы жена сама, первая, рассказала мне все, раскрыла свою душу и обнажила тех бесов, которые терзали ее, я простил бы ей все, клянусь вам, и помогал бы ей изгнать этих бесов, и Аркадский никогда не запачкал бы полов моего кабинета своею кровью.

* * *

По приезде в Петербург, я тотчас же сдал объявление в одну из распространенных газет; в объявлении этом я прописал нижеследующее: нужен домашний секретарь, молодой, вполне приличный, за хорошее вознаграждение, адрес там-то.

И вот, после этого объявления, в мою комнату стали являться разного рода более или менее "приличные" господа. Однако, среди них я не находил ни одного подходящего экземпляра, при помощи которого я мог бы привести в исполнение свой план. И я без церемонии выпроваживал этих господ под разными предлогами за дверь. Признаюсь, я уже начинал было отчаиваться. Но вот, на третий день моих поисков, в мой номер вошел худощавый, среднего роста брюнет. Вошел он как-то бочком, шмыгая ногами и как бы готовясь протанцевать какой-то неприличный танец. Костюм его был подержан, но с большими претензиями, галстук подвязан мотыльком. К довершению всего, его усы и волосы были подвиты, а усы даже чем-то подмазаны. Одним словом, в этом господине все, начиная с походки и кончая колечком-сувениром, блестевшем на его волосатом пальце, было так пошло, отдавало такою срамотою, если так можно выразиться, что я остался вполне доволен его осмотром.

"Тебя-то, голубчик, мне и надо!" — подумал я.

Незнакомец представился мне: звали его Василий Прокофьевич Аркадский. Проговорил он мне свое имя с улыбочкою, и я и улыбкою его и звуком голоса остался тоже вполне доволен. Я решился остановиться именно на нем так как понял, что в этом человеке нельзя купить только того, чего у него не было. Я пригласил его сесть и потребовал бараньих котлет, винограду и бутылку вина, намереваясь с ним позавтракать, прежде чем приступить к делу. Однако, я не притрагивался к завтраку, но Аркадский ел не без аппетита и все время болтал мне о себе. Из его слов я узнал, что сперва он служил в какой-то палате, затем лишился места и пел тенором — сначала в оперетке в хоре, а затем в качестве куплетиста в кафешантане.

Пел в кафешантане, — я едва не расхохотался от удовольствия; судьба посылала мне сущий клад, вероятно, сжалившись над моею пятилетнею пыткою. Когда мы распили бутылку вина, я спросил вторую и приступил прямо к делу. Конечно, я принял самый беззаботный тон и вид и пересыпал свою речь плоским смешком и скверными шуточками. Начал я с того, что собственно мне нужен не домашний секретарь, и вот какое дело имею я к господину Аркадскому. Жена моя, видите ли, бабенка вздорная, легонькая и грешков за ней водится немало, и надоела она мне до смертушки. И вот, мне хотелось бы отвязаться от нее, выпроводить как-нибудь ее из дому, конечно, под условием выдавать ей ежемесячную на прожиток пенсию; человек я богатый и не скуп, так что о деньгах тут не может быть и речи, но все дело в том, что на удаление жены из дому у меня нет, так сказать, нравственных оснований, оснований разумеется, для света, так как жена моя баба хитрая и интрижки ее не разоблачены. Так вот, если бы господин Аркадский взял на себя труд пленить эту дамочку и затем помог мне разоблачить ее секрет, дав в руки веские доказательства ее измены, вот тогда бы я имел в глазах света основание выпроводить жену из дому, а у меня, к довершению всего, есть на примете девица, свеженькая, великолепнейшей конструкции... Я расхохотался, поцеловал кончики своих пальцев и затем продолжал, что если бы Аркадский согласился на это, я был бы весьма благодарен ему, и за свой труд он получил бы с меня сто рублей ежемесячных и тысячу за доказательство. Окончив эту тираду, я замолчал и глядел на Аркадского с спертым дыханием и ледяною головою. Несколько минут длилось молчание. Аркадский безмолвствовал и, в свою очередь, глядел на меня, как бы не доверяя моим словам. Но затем сомнение, очевидно, покинуло его, внезапно он пренагло расхохотался и стал оживленно болтать, что мой способ весьма остроумен, что он первый раз в жизни слышит о таком способе, но что современные дамы безнравственны и что разоблачить одну-другую не грех, и что он, между прочим, имеет большой успех среди дам, так что даже и места в палате он лишился вот именно оттого, что жена начальника отделения, Капитолина Петровна... Я не слушал его более; он согласился и ушел, взяв с меня аванс в 50 рублей. Через два дня я выехал с ним из Петербурга. Итак, корабли были сожжены, я объявил войну лицемерию, посмотрим, чем-то война кончится!

И вот Аркадский два месяца прожил у меня в имении; два месяца он неотлучно находился при жене, катался с нею в лодке, гулял по лесу, пел с нею дуэтом, аккомпанировал ей. Но, однако, я все же был далек от разоблачения мучившей меня тайны.

Аркадский ничем не мог похвастаться передо мною, хотя это нисколько не облегчало моих мук, не изменяло сути. Все же я ясно видел, что живу на кратере вулкана и что катастрофа произойдет не нынче, так завтра, послезавтра, на днях, а если даже и не произойдет, то, во всяком случае, не потому, что в нас нет элементов к тому, а просто в силу какой-то глупой случайности, и согласитесь сами, много ли в этом отрадного? Да и Аркадский не оспаривал моих предположений, так как и он был убежден в их справедливости. Так прошла неделя, другая, третья. И вот, как-то в сумерки, Аркадский вошел ко мне в кабинет, когда я сидел там один с своими мучениями. Он многозначительно покрутил свой подвитый ус волосатыми пальцами и сообщил мне, что я должен выехать на время из дому — ради выгоды нашего дела, как он выразился. Он был взволнован и красен, когда сообщал мне это, я же мучительно побледнел, но Аркадский не заметил моей бледности, так как в кабинете стояли мутные сумерки. Я понял его: жена колеблется, ее пугает моя близость, но если я удалюсь из дома...

У Аркадского есть большие надежды!

Я уехал тотчас же в лес, на хутор, где не было ни души. Я жаждал одиночества.

О, как шумел ветер в эту ночь и какие тучи волоклись одна за другою по небу! Я не спал эту ночь и до зари просидел у окна лесной хаты, поставив локти на подоконник и слушая шум ветра. Шум ветра и мрак всегда наводят на меня ужас, а в эту ночь они пронизывали все мое существо мучительною болью. И я сидел и думал. Что если бы нашелся смельчак, нашелся гений, который сдернул бы с небес эту грязную пелену туч созданную испарениями земли, и эту синеву и разоблачил бы небо так же, как я пытаюсь разоблачить сердце человека? Что, если и там тот же ужас и ничего, кроме ужаса, а это святое сияние не более, не менее, как подмалевка и обман?

Перед зарею одно мучительное предположение обдало меня холодом. Что если Аркадский не выдержит искуса и выдаст жене мой замысел, а та упросит его скрыть от меня то, что произойдет между ними, и он солжет мне, скрыв истину? Я готов был немедля скакать домой, чтобы самому добыть, правду. Однако, предположение мое оказалось ложным; по утру из дому приехал рабочий. Аркадский звал меня домой. В моем отсутствии уже не было более нужды и я отправился на зов.

Все время по дороге домой я думал.

Тайна разоблачена, сомнений нет, Аркадский восторжествовал, а жена пала. То роковое и ужасное, которое живет в сердце человека, как мечта, как отвратительный образ, приняло плоть и кровь, едва я попробовал сыграть в его дудку, потому что оно могучее, а все эти сентиментальные стремления и идеальные любви есть только подмалевка и обман, созданные неимоверными потугами целых тысячелетий. Любви нет, есть только стремление разрушить то одиночество, в которое мы брошены, так как мы прозрели отчасти и нам страшно, а страх напряженнее в одиночестве. Да кроме этого стремления, есть желание иметь побольше самок или самцов и менять их почаще. Первое недостижимо, а второе достижимо очень. Вся же разница между безнравственными и нравственными людьми заключается только в том, что в сердцах первых отвратительные образы переходят в факты, а в сердцах вторых они всю жизнь остаются мечтою. Но много ли в этом утешительного? Я связываю себе руки, чтобы не убить человека, чем же я лучше заправского убийцы?

Платоническая блудница — не правда ли, как это красиво звучит?

Вместе с Аркадским я прошел в кабинет и по дороге он

рассказал мне обо всем, что произошло в эту ночь. В кабинете мы остановились у письменного стола, он с одного его бока, я с другого, оба бледные и сосредоточенные; и я спросил его, чем он может засвидетельствовать, что переданное им есть совершившийся факт. Он отвечал, что я могу устроить засаду и убедиться своими глазами в его близости к жене. Но я отверг это и спросил, найдет ли он в себе мужество подтвердить все им сказанное при жене, лицо в лицо, на очной ставке с нею, если это потребуется.

Я был уверен, что она будет отпираться, и меня мучило любопытство узнать, хватит ли у нее наглости отпираться на очной ставке с Аркадским, посмотреть, какой трепета пробежит по ее лицу в эту минуту; мне хотелось упиться ее позором, я жаждал еще чего-то жуткого, мучительного, нелепого. Однако, Аркадский колебался. Я обещал уплатить ему за это еще 300, 500, тысячу рублей и ждал ответа; и в эту минуту я увидел револьвер лежавший на моем письменном столе. Но, клянусь вам, в эту минуту я еще не думал сделать того, что я сделал после, я только пошутил, скверно пошутил. Дело в том, что меня осенила мысль, и я весь приковался к ней. Но Аркадский вывел меня из оцепенения; он согласился. Я просил его подождать меня несколько минут и пошел к жене в спальню. Мне было мало разоблачения тайны, мне, до мучения, хотелось сказать о ее разоблачения жене и заглянуть в ее глаза и видеть, как в этих глазах быстро, как птицы, промелькнут выражения сперва страха, затем отчаяния и, наконец, злобы за это разоблачение. А потом она будет запираться, божиться, поцелует икону, быть может. И меня влекло ко всему этому стихийною силою, сладострастно сжигая меня всего в диких конвульсиях.

Жена сидела у окна в утреннем капоте, когда я вошел к ней. При моем входе, она встала и сделала было жест, желая двинуться навстречу, но вдруг она увидала мое лицо и точно окаменела на месте.

Я подошел к ней близко, коснувшись коленями ее платья, и сказал, что она изменила мне с Аркадским, и я знаю это, наверное знаю и запираться уже поздно. Я упорно глядел в ее глаза и увидел тех птиц, которых так давно жаждал видеть: и страх, и отчаяние, и злобу. Но жена не отпиралась и стояла передо мною с бледным лицом и мучительною улыбкою. Я слышал, как хрустели ее пальцы, теребившие какое-то рукоделье. Наконец, она нашла в себе силы прошептать:

— Отпираться смешно, суди меня как хочешь.

Захохотала. Передернула плечами. И заплакала.

Я отвечал, что требую ее выезда из моего дома через день, через два, самое большее. Она кивнула головою и что-то сказала в ответ, тихо плача. Мы говорили почти шепотом, точно подавленные тою тяжестью, которую взвалила на наши плечи судьба. Затем жена спросила меня, куда же нам деть ребенка? Ведь нельзя же его бросить на произвол? Я отвечал, что мне все равно, пусть она берет его с собою или оставит у меня, мне все равно; я говорил шепотом, со спазмами в горле, что если я и она такие гнусные самец и самка, то пусть гибнут волчата, мне нет до них никакого дела. Я медленно двинулся из спальни, но на пороге снова остановился, услышав за спиною ее зов. Я подождал, но ничего не услышал и ушел.

В кабинете Аркадский ждал меня и стоял у левого бока стола; я остановился у противоположного и сказал, что очной ставки не потребуется, но все-таки я готов уплатит по уговору. Я достал несколько пачек денег и вручил их Аркадскому, прося сосчитать. В пачках кажется около трех тысяч, но пусть он сосчитает. Он аккуратно принялся считать и стоял все также боком ко мне. Вокруг сразу стало тихо и воздух кабинета сперся до невозможного напряжения. А я глядел попеременно, то на красные и волосатые пальцы Аркадского, считавшие ассигнации, то на револьвер, лежавший на столе. И мою голову снова засверлила давешняя мысль. Я думал. Если отвратительные образы живут в наших сердцах и воплощению их мешает лишь то идеальное, что привито нам гениями человечества, т.е. выродками его, уродами, так сказать, привито насильно, помимо нашего желания, как прививают быкам сибирскую язву, то не лучше ли нам отрешиться от этого, насильно привитого, отрешиться до последней нитки, без всякого остатка, и смело идти вслед за каждым желанием за каждым вожделением? А если так, то почему бы мне не истребить этого червя с волосатыми пальцам чтобы он не выболтал моей тайны где-нибудь в кабаке? Ведь это червь, ничтожный червь, и кому нужна его жизнь? А меня оправдают, конечно, оправдают! Воздух кабинета спирался до головокружения и я удивляюсь, как Аркадский не чувствовал этого, как он мог не чувствовать, что каждая вещь кабинета уже громко кричала об убийстве. Но он ничего не замечал, считал деньги и не глядел на меня. И вдруг он упал с красным пятном на виске, задевая за стол и стулья. Как попал в мои руки револьвер, — я не помню.

Вот и вся моя исповедь. А потом снова началась пытка; а потом ко мне пришла старушка в коричневом платье, мать убитого. Она плакала, сморкалась в скомканный платочек и говорила, что она любила его, этого червя; что он был хороший сын, и присылал ей на прожиток ежемесячно по 15 рублей, а последние месяцы (из тех, стало быть, ужасных денег?) по двадцати пяти. Она удивлялась, как моя пуля могла поразить его, когда на его груди в ту минуту висела ладанка с рукавичкою от Митрофания, которую она зашила ему, когда он от нее уезжал. И она жалобно выла, как маленькая собачонка, и все морщины ее маленького лица были полны слез. И этот вой застрял в моих ушах и целых 12 лет я всюду носил его за собою, не в силах разобраться в этой удивительной путанице. Но теперь я, кажется, начинаю кое-что понимать и твердо решился, решился"...

На этом рукопись обрывалась.

ПОЛЕНО

Капитан Шустров пристально через очки смотрит на рядового Степанова, который стоит перед ним в его кабинете. Рядовой Степанов — весь внимание, а капитан Шустров вертит в руках гранату и с расстановкою говорит:

— Граната отлита из чугуна; внутри она имеет пустоту, в которую насыпан через очко порох. Верх гранаты называется головной частью, низ — дном. Понял? Повтори!

Рядовой Степанов, молодой солдат с белобрысым лицом, ежится под его взглядом. Глаза его глядят, не моргая. Долго он крутит шеей, точно воротник мундира давит его, как петля. Наконец, он с усилием говорит:

— Гранату делают из котла; внутре к ей кладут... — он умолкает и крутит шеей.

— Ай-ай-ай! — качает головою капитан Шустров.

— Вершину у ей зовут задней частью, — быстро договаривает Степанов плаксивым голосом.

— Ай-ай, — вздыхает Шустров. — Ты, ведь, опять околесицу несешь, голубь. Мне даже, стыдно за тебя. Ты говоришь, гранату делают из котла. Из какого котла? Какой там еще котел? Где ты его нашел?

— Котел на кухне, ваше...

— А-а, да я не об этом! Гранату отливают из чугуна. Это во-первых. А, во-вторых, каким образом верх может называться задней частью? Это нелепость, мой друг. Это черт знает что такое! Слушай. Будь внимателен, вдумывайся в каждое слово и повтори мне то, о чем я тебя прошу. Можешь?

— Могу, ваше благородье.

— Ну, и отлично. Из чего отливают гранату?

— Я лучше сначала, ваше благородие.

— Ну, сначала. Гранату отливают...

— Гранату отливают, — повторяет солдат и умолкает.

Лицо его покрывается легкою испариною.

— Гранату отливают... из чего, — чуть повышает голос капитан Шустров.

— Гранату отливают из чего, — повторяет солдат.

Лоб его мокнет, взор тускнеет и делается тупым, рыбьим, а нос начинает блестеть.

— Фу, ты, Боже мой, — вздыхает Шустров. — Довольно. Повтори за мной: на полу сидят две мушки.

— На молу сидят две пушки, — повторяет солдат с лицом удавленника.

— Довольно. Скажи мне, сколько в этой комнате человек?

— Два, ваше благородие,

— Неправда. Один: капитан Шустров; рядовой Степанов — полено. Он не хочет быть человеком! — повышает голос капитан Шустров.

Он закладывает пальцы в пальцы и долго с сожалением глядит на солдата.

— Ты даже не обижаешься? — наконец, говорит он ему виновато. — Я ведь тебя поленом назвал, мне стыдно, а тебе хоть бы что! Нехорошо!

Солдат не моргает. Капитан делает по комнате круг и снова останавливается перед ним.

— Слушай, — говорит он. — Что мне с тобой делать? Ведь если и я с тобой не слажу, кто же тебя обучит? Обучать тебя, братец, будет некому. Разве ты ничего не слышал от сослуживцев о капитане Шустрове? Капитан Шустров служит 20 лет; к нему посылают солдата с безнадежно плохим содержанием вот здесь, — хлопает он себя по лбу. — Капитан Шустров занимается с ним на дому и в несколько приемов делает из полена орла. Клянусь картечью. А с тобой я бьюсь вот уже целый час, и ты не можешь повторить за мной двух слов. Мне стыдно, Степанов, и за тебя, и за себя.

Капитан Шустров снова делает круг по комнате и снова останавливается перед солдатом.

— Может быть, ты боишься меня? — спрашивает он его. — А? И разве ты опять-таки ничего не слышал о капитане Шустрове от сослуживцев? Капитан Шустров служит 20 лет и за все время службы он пальцем не тронул ни одного солдата. Капитан Шустров смотрит на солдата, как на сослуживца, как на товарища по оружию, с которым он, в случае невзгоды, будет бок-о-бок защищать отечество и, может быть, отдаст свою кровь. И он хочет, чтобы этот сослуживец уважал и любил капитана Шустрова.

В голосе капитана звучат задушевные нотки, он воодушевлен.

— Батюшки, — внезапно восклицает он, взглянув на солдата. — Что с тобой? Что ты? У тебя в глазах слезы? О чем ты? Ай-ай, как это нехорошо! Как это стыдно! Солдат, — и плачет! Ну, слушай, будь умницей, слушай. Иди на кухню и попей с денщиком чаю. А за чаем старайся ни о чем не думать. Разговаривай с денщиком о пустяках, смейся, кувыркайся, хоть на голове ходи. А потом приди сюда и расскажи то, о чем и тебя прошу. Будь умницей. Я знаю, ты расскажешь; будь уверен расскажешь. Иди...

Спустя некоторое время рядовой Степанов сидит на кухне с денщиком Шустрова, жадно схлебывает с блюдечка жидкий чай и говорит:

— И ничего я после этого, братец ты мой, понимать не могу, потому что у меня одна картофь на уме. Пенек, как есть пенек! А что ты будешь делать, когда у меня на картофь вся надежда была, а теперь взамен того вон что!

— — Что?

— Снег! А из-под снега можно картошку достать? Можно? Вот то-то и оно! А если теперь картошка под снег пойдет, чего же дома есть будут, скажи ты мне? Разберись сам: ржи 37 пудов с батманом, яровины — ни Боже мой, и картофь под снегом. Резонно?

— — Да-а.

— А ртов у нас в семье: батюшка, мать, сестренка, жена, да ребеночек трех постов. Это сколько? Пять? А ребенок трех постов может хлеб с лебедой глодать? Может?

— Да-а.

— Вот то-то и оно. Ребенку с лебеды не прозимовать! Крышка ребенку будет. Аминь! А разве он не сын мне? Как я себя теперь должен понимать? Вот оно дело-то куда пошло.

Как же я после этого гранату могу превзойти? Какой я результат в себе окажу? А? Я гляжу на гранату, а вижу картофь. Капитану-то хорошо говорить, у него в голове мозги, а у меня картофь. А капитан осердился — просто беда! Я, говорит, 20 лет служил, никого пальцем не тронул, а тебя, говорит, сейчас помереть, поленом шарахну.

— Ну?

— Сейчас помереть. Я, говорит, свое отечество защищаю, а ты, говорит, полено стоеросовое, на меня позор наводишь? Тебе бы, говорит, чай глохтить, да по полу кувырдаться. Уж он меня, уж он меня, мыл, мыл, ай-ай! А сам из себя страшный сделался, сейчас помереть!

Степанов со вздохом умолкает; говорить начинает денщик.

— А ты это, земляк, вот что, — говорит он ему внушительно. — Ты это напрасно насчет картофи огорчаешься. Картофь достать можно будет.

— Ну?

— Попомни мое слово. Дождь упадет и снег сгонит. Ты замечай: туча с третьеводни откуда пошла?

— Откуда?

— С Казанского моста. А как туча с Казанского моста пошла, то и дождь тут. Это уж как по команде.

— Ну?

— Попомни мое слово. Дожь беспременно не нынче-завтра хляcтнет. У меня другой день левая пятка чешется, стра-а-сть!

Он говорит вразумительно, без малейшего сомнения, и с каждым его словом лицо Степанова оживает; в его глазах загорается мысль и надежда. Они продолжают разговор.

Лица одушевляются, беседа льется, слышатся возгласы:

— Мне бы только картофь!

— — Вот бы только просо обмолотить!

— Просо что! Просо тьфу! Просо и в сенях вальками обмолотить можно. Вот картофь бы!

Если бы капитан Шустров заглянул на кухню, он не узнал бы Степанова.

Его речь плавная, образная; жесты смелы и выразительны, в глазах мысль.

Он уже не полено, он орел.

Но капитану Шустрову не до этого. Вот уже полчаса, как он стоит в кабинете, у стены, перед портретом молодой женщины. Это его покойная жена, умершая десять лет тому назад. Лицо капитана сосредоточенно, на губах грустная и ласковая улыбка. Он глядит на портрет, вздыхает, шевелит усами, слегка жестикулирует и с тоской думает:

"Эх, Настёк, Настёк! И тебе не стыдно? Не жалко меня? И году со мной не прожила, ушла, меня одного с солдатами оставила! Скучно мне без тебя, Настёк! Солдаты, солдаты и солдаты... Тоска! Хот бы тебе год со мной пожить хот бы десять! А ты и наглядеться на себя не дала. Скупая ты, Настёк, злая, безжалостная! Помнишь, как мне весело с тобой было? Бывало, одни весь вечер сидим, а сколько смеху! Помнишь, в французские дураки с тобой дулись, и я 15 раз дурнем сидел? Я, ведь, нарочно тогда поддавался. Очень уж ты мило после каждой игры ручками хлопала! Голубка моя! Горлинка!

Капитан Шустров протягивает обе руки к портрету, но мгновенно хватает себя за виски, отходит к письменному столу и с тоской думает:

"Не разговаривай ты со мной, Настёк; а то ведь опять пойдет на всю ночь эта музыка... А завтра мигрень, кали-бромати... Клянусь картечью..."

Он тихонько повертывается лицом в угол, тихонько достает платок и долго трет под очками свои глаза. И в эту минуту в кабинете появляется рядовой Степанов.

— Ну, что? Как? А? — спрашивает его Шустров.

— Выучил, ваше благородье.

И не дожидаясь приглашения, Степанов бойко, смело, без запинки, докладывает урок.

— Хорошо. Прекрасно, — говорит Шустров, — но чтоб ты не забыл урока, я тебе повторю его в последний раз. Слушай.

Он глядит в пространство тусклым, бесцветным, ничего не видящим взглядом и деловито говорит:

— Гранату отливают из пустоты; внутри она имеет Настёк, в который насыпают это... Низ гранаты называется верхом, а верх — дном...

РАЗНЫЕ ПОНЯТИЯ

Моросит мелкий осенний дождь. В саду между голыми деревьями свистит ветер. Вымокший дворик Бахмутовского флигеля весь затоплен тусклыми сумерками, как пруд мутною водою. В этой бесцветной мгле осенних сумерек все предметы посерели и даже изменили очертания. Перевернутая вверх колесами телега походит теперь на китайский домик, а понуро сидящая на крыльце собака на индийского идола. Можно подумать, что Бахмутовский дворик простужен осенними ветрами и дождем и тяжко бредит. За двориком, обнесенным покачнувшимся тыном, высится скелет большого каменного дома; его железная крыша содрана с решетин; это старый Бахмутовский дом; ветер свободно гуляет по дому, проникая сквозь черные отверстия вынутых окон, и старый дом издает протяжные и жалобные звуки. В саду, кое-где на полянах, торчат такие же скелеты полуразрушенных теплиц и оранжерей; ветер гуляет и там и все эти развалины точно перекликаются между собою, как часовые, гудят и стонут. А два окна маленького флигеля скупо светятся. Там за столом с обгорелыми от утюгов краями сидит Бахмутовская кухарка Устинька и прохожая странница Ироида. Маленькая лампочка тускло озаряет их фигуры. Ироида чинит казинетовый шушун, побывавший и в Киеве, и у Тихона Задонского, и в Соровской пустыне у отца Серафима. Изрытое морщинами лицо Ироиды строго и сосредоточенно. Устинька вяжет чулок. Ее молодое личико худощаво, а в глазах ее страх. Ей двадцать лет и она вот уже два года служит в кухарках у Бахмутовых, бежав из соседнего уезда от зверств мужа. Ироида, ковыряя иглою, шепчет ей "Сказ об Аллилуевой жене". Устинька роняет порою свой чулок на колени и глядит на Ироиду глазами, полными страха. А Ироида шепчет:

— Как родился Христос в Виелееме, как крестился наш Спас в Иордане, антихристы-фарисеи его замечали, злой смерти Христа предать хотели. И кидался наш Спас во келью к

Аллилуевой жене милосердной. Аллилуева жена печку топит, на руках своих младенчика держит. И сказал ей Христос, Царь небесный: "Ты послушай меня, Аллилуева жена, ты бросай свое детище во пламя, принимай Меня, Царя небесного, на руки"! Аллилуева жена милосердна свое детище во пламя бросала, принимала Царя небесного на руки...

— О, Господи, Господи! — шепчет Устинька с глазами, полными ужаса.

В тусклые окна кухни стучит дождь; за тонкою перегородкою, отделяющею кухню от кабинета, слышатся тяжелые шаги старика Бахмутова. Барышни нет дома, она гостит вот уже две недели у тетки в селе Толмазове, и старик Бахмутов скучает по дочери. Он ходит из угла в угол по кабинету, теребит длинные седые усы и порою мурлычет под нос старые кавалерийские сигналы. Стены кабинета облуплены, корявые половицы поскрипывают под ногами. У притолки на вытяжку торчит Бахмутовский приказчик Родион Родионыч. Почему он числится приказчиком — трудно сказать, так как у Бахмутова давным-давно уже ничего нет. От его некогда громадного имения осталось сто заложенных и перезаложенных десятин, а от богатой усадьбы — развалины. Но все-таки Родиона Родионыча все зовут приказчиком. Ему лет шестьдесят, он моложе барина, мал ростом и худ; подобострастное выражение застыло на его лице и делает его похожим на маску. Он глядит в глаза Бахмутова, а тот ходит из угла в угол, шлепая разбитыми туфлями. На барине старая плисовая венгерка и фланелевые шаровары.

— Знаешь ли ты, Родька, — говорит Бахмутов и останавливается: — знаешь ли ты кавалерийский сигнал "в поход"?

Родька прекрасно знает этот сигнал, так как слышал его от барина раз четыреста, но он отрицательно мотает маленькою и седенькою головкою, похожею на серебряный набалдашник. Ему хочется доставить барину удовольствие.

— Сигнал этот в 53-м пелся так, — продолжает Бахмутов и напевает жидким, старческим голосом:

— *Всадники-други, в поход собираетесь,*
Радостный звук вас ко славе зовет.
С бодрым духом храбро сражаетесь.
За царя, родину сладко и смерть принять!

— Хорошо? — добавляет он.

Родька присвистывает губами.

— И-и, до чего чудесно сочинено, скажите пожалуйста!

— Хорошо было в 53-м, — говорит с одушевлением Бахмутов: — лихо в атаку ходили, конь в конь, молодец к молодцу, только этишкеты покачиваются.

— Ты Вознесенский уланский помнишь? — добавляет он: — рыжий, на рыжих он был?

— Господи, как же не помнить, Создатели, — говорит Родька, захлебываясь от радости.

— Хороший был полк, но до нашего далеко, — заявляет Бахмутов.

— До нашего? Господи, отцы... до нашего? Как до неба им до вашего!.. — восклицает Родька, который никогда не служил в военной службе.

— Хм, куды им до нашего! — саркастически ухмыляется он.

Лицо Бахмутова делается задумчивым.

— И все это ушло, Родька, — говорит он: — все ушло! Куда это только молодость людская уходит?

Он вопросительно глядит на Родьку, но тот безмолвствует, не зная, что ответить. В маленькой комнате делается тихо. Только дождь и ветер стучат в тусклое окошко и тоже не дают ответа, в те земли, куда уходит людская молодость, они не заглядывали никогда.

Бахмутов начинает молчаливо ходить из угла в угол. Половицы поскрипывают под его шагами и стекло лампы монотонно потренькивает. Ироида шепчет за перегородкою:

— Прибежали тут антихристы-фарисеи, говорили Аллилуевой жене милосердной: "Ты скажи, Аллилуева жена милосердна, покажи, куда Христа схоронила"?

Отвечает им Аллилуева жена: "Бросила я Христа в печь во

100

пламя"! Антихристы в печь заглянули, Аллилуева младенца увидали, заплясала они, заскакали, заслонкою печь закрывали, из Аллилуевой кельи пропали. Аллилуева жена заслон открывала, слезно плакала горько причитала: "Согрешила я, грешница, согрешила, свое детище, свое милое погубила"!

— О, Господи, Господи, Господи! — шепчет Устинька.

— Хорошее времячко было, — говорит Бахмутов. Он присаживается у стола и задумывается. Ему вспоминаются старые битвы.

Голос Ироиды шепчет за стеною:

— И сказал ой Христос-Владыко: "Ты не плачь, Аллилуева жена, загляни-ка ты в печь во пламя". Заглянула Аллилуева жена во пламя, увидала в печи вертоград райский, в вертограде трава шелковая, по траве младенчик ее гуляет, золотую книгу евангельскую читает, за отца, за мать Бога молит"!

— Вот и шушун готов" — добавляет тот же голос.

— О, Господи, Господи, Господи! — вздыхает Устинька.

Родька шевелится у притолки.

— А вчерась, Лиодор Палыч, — говорит он: — к нам Никандров из Ворошилова приезжал, не продадите ли, грит, просяной соломы? Я, грит, пять рублей дам. Продать ничто? Все равно за зиму мыша съест.

Бахмутов молчит, погруженный в думы.

— Продать беспременно надо, — продолжает Родька: — лавошнику мы пять рублей за чай, за сахар задолжали, судом лавошник угрожает.

— Продай, продай, — шепчет Бахмутов.

— Да топить вот еще нам нечем, — шевелится Родька: — Парники нешто старые сломать, а то задаром лес гниет.

— Сломай, сломай, — шепчет Бахмутов.

— Я меди из старого дома на три с четвертаком продал. Мяснику долг уплатил. Шпингалеты, ручки дверные, заслонки — все продал. На три с четвертаком.

— Продай, продай, — шепчет Бахмутов.

Он ничего не слышит. Ему грезится молодость и черный, как вороново крыло, полк. В окна стучатся дождь и ветер и навевают дремоту.

— Барышне башмаки в долг взял. Без четвертака три. В спальню под кровать под ихнюю поставил, — кивает головою Родька на комнату барышни.

— Продай, продай, — шепчет Бахмутов и вдруг вздрагивает и повертывает к Родьке испуганное лицо.

— Поручика лошадь понесла, — говорит он.

— Чего-с? — переспрашивает Родька.

— Поручика лошадь понесла, — повторяет Бахмутов: — Вознесенского уланского, в пятом эскадроне. Так по колено ногу и отхватило, — добавляет он.

Родька присвистывает губами.

— И-и, до чего чудесно сочинено, скажите, пожалуйста.

— Дурак, — огрызается Бахмутов: — это не сочинено, это я говорю.

Он досадливо машет руками на желающего возражать Родьку.

— А ты мне не мешай, не мешай, я сейчас кончу.

Он снова отдается мечтам, подпирая руками голову, но через минуту снова повертывается к Родьке и заявляет:

— В Ахтарском гусарском кобель "Воевода" сбесился... Жену казначея укусил. Совсем молоденькая женка.

Он вздрагивает; на дворе, сквозь шум ветра, раздается глухой стук и затем хриплый лай собаки.

— Не барышня ли Лидия Илиодоровна приехала? — спрашивает Бахмутов Родьку.

— Нет, это, должно, в старом доме щекатурка обвалилась, — отвечает тот.

И оба они начинают напряженно слушать. За окном слышится шлепанье лошадиных копыт. Бахмутов привстает с кресла. Родька устремляется в дверь. Минуту со двора слышатся сквозь протяжный свист ветра, собачий лай, тихий говор и встряхивание мокрой лошади.

Родька снова появляется в кабинете; в его руках смятый мужичьим карманом конверт.

— От барышни письмо, — говорит он: — от барышни Лидии Илиодоровны из Ворошилова.

Бахмутов принимает из его рук конверт.

— Как из Ворошилова? Да ведь она же в Толмазове у тетки?

— Из Ворошилова; Покатиловский кучер привез и обратно отъехал. Ответа, грит, не надобно.

Родька почтительно становится у притолки. Бахмутов нетерпеливо рвет конверт.

"Дорогой батюшка! — читает он письмо дочери: — прости меня, дорогой батюшка. Я ушла от тебя к Покатилову; вот уже неделя, как я живу у него. Он начинает дело о разводе и, когда выиграет дело, женится на мне".

В глазах Бахмутова все мелькает и кружится. Лицо его делается серо-зеленым. Он хватается рукою за стол и продолжает чтение. "Прости меня, милый батюшка, — читает он: — мне опостылела вечная нищета и жизнь впроголодь. Я буду жить у Покатилова. Он меня любит. Завтра мы приедем к тебе. Будь добрым и прости меня. Я молода и совсем не жила, а теперь я буду богата, очень богата. Батюшка, мне опротивела вечная нищета, опротивела, опротивела..."

Бахмутов швыряет письмо на пол, далеко отбрасывает его от себя ногою и хрипло шепчет:

— Сжечь это паскудство, сжечь сию же минуту!

Он стискивает руками голову, тяжело опускается в кресло и умолкает. Родька, ничего не понимая, глядят на барина. За тонкою перегородкою в кухне слышится тоскующий шепот Устиньки:

— Ребенок мой у мужа, у изверга, остался; младенчик; третий годок ему теперь пошел. Подумаю, жив ли уж он, а сердце так и тоскует, так и тоскует.

Ироида покашливает, позевывает и говорят:

— Умер младенчик, тебе, раба Божия, печалиться нечего. Младенчику смерть спасение; на земле-то вокруг все зло да грех, а в раю радость и ликование. Чудится мне, умер твой младенчик, раба Божия, умер и в раю Господнем гуляет, золотую книгу евангельскую читает, за отца, за мать Бога молит.

— Жалко мне его, жалко! — возбужденно шепчет Устинька.

Бахмутов поднимается с кресла и кричит в лицо Родьке:

— Сбежала наша барышня! К купчишке Сеньке Покатилову на содержание пошла!

Он приближает свое перекосившееся лицо к испуганному лицу Родьки и хрипит, потрясая рукою:

— Вон ее из моего дому! Чтоб духу ее не было, чтоб и не пахло ею в моем доме! А сюда приедет, собаками ее затравить.

Он криво идет по кабинету и тяжело рухается в старое кресло. В его горле что-то хрипит и клокочет, он трясет седою головою, его лицо делается багровым. Родька испуганно бросается в кухню и через минуту является в кабинете с ковшом воды.

— Лиодор Палыч, Христос с вами, родимый, — шепчет он, поднося ковш к седым усам Бахмутова, и дрожит всем телом.

Его маленькая и седенькая головка, похожая на серебряный набалдашник, трясется.

Бахмутов короткими глотками пьет воду.

— Жили мы счастливо и благоприятно, — вздрагивая, шепчет Родька: — теперь бы, просяную солому продамши, все бы, как нельзя лучше, наладили, а тут эдакое несчастье.

— Собаками затравлю, собаками, — шепчет Бахмутов, глотая воду.

Тяжелые слезы ползут из его выцветших глаз и падают на седые усы. Однако, вода действует на него благотворно, он несколько приходит в себя и начинает ходить из угла в угол по кабинету, как бы о чем-то соображая. Порою он задумчиво останавливается, прислушивается к свисту ветра и потирает между глаз рукою. Затем он подходит к Родьке и шепотом сообщает ему свой план.

— Завтра чуть свет, — говорит он: — скачи к столяру. Закажешь крест, простой деревянный крест в человеческий рост.

— Слушаю-с! — кивает головою Родька.

— Так и так, скажешь, — продолжает Бахмутов, придерживая Родьку за крючок нанковой поддевки: — чтоб к обеду был готов непременно. А надпись я сам сделаю. Поставим его в саду у старой беседки. Слышал?

— Слушаю-с, — почтительно шепчет Родька.

А Бахмутов снова начинает ходить из угла в угол по корявым половицам кабинета. Ходит он долго и сосредоточенно. Ветер воет в трубе и постукивает печною заслонкою, точно выбивая такт. Родька стоит у притолки на вытяжку и вздыхает. Ироида нашептывает за перегородкою:

— В крови человеческой бесенята купаются, друг друга за хвост ловят... кувыркаются, кровь человеческую баламутят, на грех человека толкают.

— У тебя к мужчинам сердце не лежит? — добавляет она сурово.

— Господи, — вздыхает Устинька: — другой раз во сне мужика увижу, задрожу от страха, ноженьки мои инда подкашиваются; боюсь я их!

— Когда, случится, вздумается ночной порою, грезишь о чем, раба Божия? — строго допрашивает Ироида Устиньку.

Та долго молчит; слышно, как она роняет в колени чулок; вязальные спицы тренькают. Наконец, она вздыхает и мечтательно шепчет:

— С мужем со своим пожила бы я тихо, смирно. Младенчика бы свово понянчила, рубашечки бы его постирала. В праздник после обедни мужа бы на завалинке поискала.

— Грех это, грех, грех, — сурово перебивает ее Ироида.

Бахмутов ходит из угла в угол. Наконец, он устает и ложится спать здесь же в кабинете на продавленном диване. Родька приносит откуда-то коротенький войлок и расстилает его у двери. Это его постель. Тихохонько он тушит лампу, во мраке осторожно раздевается и скоро начинает благопристойно посвистывать носом. В кухне тоже ложатся; весь Бахмутовский домик погружается во мрак. Но самому Бахмутову не спится. Он лежит с широко открытыми глазами и смотрит в потолок. Его волосатая грудь тяжело дышит. Порою он шевелит губами и шепчет:

— Здесь покоится тело боярышни Лидии Бахмутовой.

За окном шумит дождь и воет ветер. Он прислушивается к атому вою и закрывает глаза. И тогда ему вдруг начинает казаться, что он едет верхом на вороной лошади впереди эскадрона. Лошадь вся в лансадах.— "Пики к ата-а-ке"! — кричит он и смотрит на синие мундиры, мелькающие за зеленым кустарником. — "Пики к ата-а-ке! Ма-а-рш"! — повторяет, он, потрясая саблею. У него захватывает дух. Он внезапно открывает глаза, садится на своей постели и, шевеля усами, шепчет:

— Здесь покоится тело боярышни Лидии Бахмутовой.

Родька лежит у двери, свернувшись в комочек на своем коротеньком войлоке, и посвистывает носом. В комнате мрак. В трубе жалобно воет ветер, похлопывая печною заслонкою. В кухне за перегородкою слышится шорох. Это Ироида бессонно ворочается на своей лежанке; она старчески покашливает и шепчет:

— Аминь над нами, аминь под нами, аминь одесную, аминь ошую. Спереди аминь, сзади аминь.

Бахмутов ложится и закрывает глаза.

Вороная лошадь роет ногою землю и косится на сверкающую шпору. Поручик Собяго, которого солдаты зовут "поручик Собака", едет шагом, щекочет коня шенкелями и весело кричит: "Изюмцы, изюмцы-то черти, па-а-теха"! Он больно ударяет Бахмутова по плечу. "Что, дяденька, — кричит он: — алюминиевый завод-то фу-фу! Восемьдесят тысяч профуфырили! Из глины серебро делать захотели? Говорил я вам, не доверяйтесь Блюму"! Он хохочет в лицо Бахмутова молодым и наглым смехом.

Бахмутов мычит, трясет седою головою и садится на постели. "Не нужно было алюминиевый завод строить"! — думает он и шепчет:

— Здесь покоится тело Лидии Бахмутовой.

Тихонько он встает с постели и будит Родьку, тормоша его за рукав мятой рубахи.

— Родька, Родион, Родька!

Тот открывает заспанные глаза.

— Пойдем в старый дом, — говорит Бахмутов: — не в старом ли доме барышня?

Родька ничего не понимает, но Бахмутов ему разъясняет:

— Может быть, она письмо-то послала, а к Покатилову идти раздумала, И теперь мне на глаза боится показаться, вот в старом доме и прячется.

— Принеси-ка, Родька, фонарь, — добавляет он.

Через минуту они уходят в старый дом. Их фонарь тускло мерцает в мутной мгле. Как две тени, они долго ходят по пустынному старому дому, пугая сонных галок. Бахмутов вздыхает и кряхтит, Родька ежится от осенней сырости. Но в старом доме никого и ничего нет, кроме сонных галок, монотонного шума дождя да унылого воя ветра. Перед самым крыльцом флигеля ветер внезапным порывом тушит фонарь. Бахмутов раздевается во мраке, во мраке ложится в остывшую постель и уже до утра не открывает глаз. Всю ночь воет в трубе ветер, голос его звонок и могут. Но к утру он устает и начинает старчески хныкать и присюсюкивать.

Бахмутов просыпается рано, но Родьки уже нет в кабинете; его коротенький войлочек прибран. С измятым и утомленным лицом Бахмутов торопливо одевается и идет умываться в кухню. Устинька подает ему ковшом из ведра; она только что истопила Ироиде на дорогу баню и ее худощавое лицо румяно. Умывшись, Бахмутов идет на двор и садится на ступеньке крыльца, поджидая Родьку. В воздухе тускло и скучно; свинцовая муть разлита по всему двору, в мокрых полях и за узкою речкою над вершинами плоских холмов.

На полусгнившей крыше флигеля чирикают мокрые воробьи. Устинька провожает за воротами докрасна распарившуюся Ироиду; за плечами богомолки котомка, а ее потертый шушун опоясан сыромятным ремнем. Устинька подпирает кулаком щеку, смотрит в бок и тоскливо говорит:

— Напишу я мужу письмо; так и так, дескать, супруг мой любезный, примай ты к себе меня, супротивницу, и буду я свово младенчика холить, тебя всячески ублажать, ни на что не поперечу, все стерплю — вынесу, по дому всякую работу справлю.

— Может он и не будет бить меня, — задумчиво добавляет она.

— Не надо, не надо этого, — урезонивает ее Ироида: — грех это, кровь это твою бесенята баламутят.

Они медленно двигаются вперед и скоро исчезают из глаз Бахмутова в свинцовой мути осеннего дня. Бахмутов сутуло сидит на крыльце и ждет Родьку. Скоро тот, весь забрызганный грязью, въезжает в ворота дворика. В его телеге большой деревянный крест. Старики с большими усилиями несут этот крест в сад и там принимаются за работу. Из сада то и дело прилетает во двор хриплый говор Бахмутова:

— Рой поглубже. Еще лопаточку выкинь. Вот так! Теперь опускай, ну-ну! Эх, да ты криво!

Через полчаса оба старика выходят из сада. Бахмутов идет сутуло, опираясь на плечо Родьки, и тяжело переставляет ноги. Он как будто постарел сразу на десять лет. Родька моргает глазами и семенит кривыми ножками, подставляя барину свое плечо. Осторожно придерживая его за локоть, он помогает ему сесть и попутно смахивает со ступеньки сор засаленною полою поддевки. Бахмутов тяжело опускается и тревожно оглядывается по сторонам. Он как будто ничего не видит и не слышит. Его голова безостановочно трясется. Родька с беспокойством глядит на его словно отекшие щеки и пробует чем-нибудь развлечь барина.

— Продадим мы просяную солому, — сладко говорит он: — справлю я вам новый плисовый венгер и новый фланелевый брюк.

Редка все принадлежности мужского костюма считает в мужеском роде.

— И новый фланелевый брюк... — повторяет он.

Но это не радует барина. Тряся головою и придерживаясь обеими руками за край ступени, он говорит картавым, заплетающимся языком.

— А помнись, Родька, помнись, — картавит он: — старую уланскую походную песенку?

Он трясет головою и пост дребезжащим фальшивым голосом:

— Пора, товаристи, — картавит он: — вставать,

Время коников седлать,
Пора, пора, пора нам одеваться,
Пора с маменькой проститься, —
В поход!

Внезапно он закрывает лицо обеими руками и его плечи начинает дергать; из-под пальцев вылетают удушливые вопли. Родька повертывается из деликатности спиною к барину, глядит в тусклую даль и подносит скомканный платочек к мутным глазам.

— Господи, как было все хорошо! — вздыхает он и сокрушенно крутит головою.

В сыром воздухе проносится отдаленный звон бубенчиков.

Бахмутов поднимается со ступенек. Его ноги дрожат и плохо стоят на земле.

— Это они, это барышня, — возбужденно шепчет он Родьке заплетающимся языком: — Делай, как сказано! Лидочку пусти ко мне, а Сеньку Покатилова в ворота не пускать, Сеньку не пускать.

Родька с ужасом следит, как плохо повинуется барину язык и после каждого слова барина он почтительно повторяет:

— Слушаю-с... слушаю-с!

Бахмутов с мутными и тревожными глазами исчезает в сенях флигеля. Родька, возбужденный и бледный, становится в воротах, припоминая слово в слово наказ барина.

Между тем, звон бубенчиков приближается. И вот вороная тройка лихо выносит из-за плоского холма щегольской фаэтон. В фаэтоне сидят молодая белокурая женщина, щеголевато и изящно одетая во все новенькое, и коренастый, средних лет брюнет. Из-под черной шляпки молодой женщины беспокойно и грустно глядят большие серые глаза. Мужчина, разговаривая о чем-то, вяло улыбается ленивою усмешкою избалованного деньгами человека. Это Семен Покатилов и барышня Лидия Бахмутова.

— Он должен быть нам благодарен, — лениво говорит Покатилов, покачиваясь на рессорах.

— Я выкупил его клочок из банка и скупил его векселя. Мне стоило это 8 тысяч. Если бы не я, его выселили бы отсюда кредиторы через месяц.

Лидия Илиодоровна глядит вперед грустными глазами.

У самых ворот Родька с растопыренными руками останавливает тройку.

— Не велено пускать, — говорит он, ловя под уздцы пристяжных.

Степенный и бородатый кучер осаживает лошадей.

— Что за вздор? — лениво ухмыляется Покатилов, вылезая из экипажа: — это еще что за вздор?

— Его благородие, — как урок отвечает Родька: — его благородие старого уланского Ольвиопольского полка отставной ротмистр и кавалер Или-о-дор Бахмутов к себе на двор Сеньку Покатилова пускать не приказывали!

Глазки Родьки глядят зло и надменно.

— Что? Что такое? — повторяет, бледнея всем лицом, Покатилов и приближается к Родьке.

— Ротмистр и кавалер Или-о-дор Бахмутов Сеньку Покатилова, — говорит Родька и умолкает, чуть не сшибленный с ног кулаком Покатилова.

— Что-о? — сипит Покатилов, перекосив брови.

На лице Родьки красное пятно.

Лидия Илиодоровна виснет на руке Покатилова.

— Ради Бога, ради Бога! — испуганно шепчет она.

— Пускать на двор не прика-зы-ва-ли, — надменно повторяет Родька.

— Батюшка не желает меня видеть? — спрашивает его Лидия Илиодоровна.

— Вас просят к себе, а их-с, — указывает Родька глазами на Покатилова: — их-с на двор пускать не прика-зы-ва-ли.

Покатилов с ленивою усмешкою садится в фаэтон. Лидия Илиодоровна проходит мимо почтительно посторонившегося Родьки в ворота дворика. Родька следует за нею и говорит:

— До чего вы довели нас, барышня! Барин всею ночь, глаз не смыкамши, в роде как бредили. С ними на манер маленького ударчика-с было. Язычок плохо слушаются и головка трясутся-с.

Родька умолкает. На крыльце флигеля стоит Бахмутов. Его седая голова не покрыта, глаза мутны, но сухи. На последней ступеньке он спотыкается и падает одним коленом на землю. Родька бросается к нему на помощь, но он оправляется сам и глядит на дочь, тряся головою. Дочери хочется крикнуть: "Батюшка, как вы постарели"! Она шепчет:

— Батюшка, ради Бога... батюшка!

— Нет батюшки, — говорит Бахмутов, картавя заплетающимся языком: — был батюшка, нет батюшки. Есть отставной ротмистр Бахмутов.

— Идемте в сад, — добавляет он, отворяя повисшую на одной петле калитку.

Дочь мимо него проходит в сад. Родька не смеет следовать за господами; он остается у калитки и смаргивает с жидких ресниц тонкие слезинки. Бахмутов идет аллеею; его ноги точно вязнут в песке.

— Лидии Бахмутовой нет, — говорит он: — Лидия Бахмутова умерла, а не в содержанки к Сеньке Покатилову пошла.

— Если ты Бахмутова, — вскрикивает он: — умереть должна была в девках, а не в содержанки идти!

Дочь идет за отцом бледная, как полотно, с опущенными ресницами.

— Вот что осталось у меня от дочери, — говорит отец и показывает рукою перед собою.

У старой беседки стоит новый деревянный крест; на кресте кривая надпись: "Здесь покоится тело боярышни Лидии Бахмутовой, скончавшейся на 25 году от рождения 8-го октября сего 1890 года".

Лидия Илиодоровна закрывает лицо руками и истерически рыдает.

— Батюшка, за что так жестоко? — повторяет она.

Бахмутов вздрагивает. Перед ним стоит Покатилов.

— Что за бессмыслица! — говорит тот, показывая на крест:

111

— Мы к вам, как добрые, а вы... как вам не стыдно! Я желал с вами мира, я всю неделю хлопотал по вашим делам, ездил в город, выкупил ваш несчастный клочок, скупил все ваши векселя и вчера сжег их в печке. Вы стоили мне 8 тысяч, а вы... какая неблагодарность! Ведь если бы не я, вас выселили бы отсюда судебные пристава!

Бахмутов стоит с багровым лицом.

— Та-ак ты еще мне за дочь за-а-платить хочешь! — наконец выкрикивает он.

— Вон отсюда, мерзз... мерзз... — кричит он, тряся головою, — я вас прокля... прокля...

Покатилов насильно уводит рыдающую Лидию Илиодоровну из сада.

— Прокля... прокля... — раздается за их спиною картавый хрип.

Родька помогает барышне сесть в фаэтон и сморгивает к себе на красный нос слезы. Покатилов, вяло улыбаясь, просит его убедить Бахмутова помириться с дочерью. Но Бахмутова убедить трудно.

Он полулежит в саду, привалившись плечами и затылком к деревянному кресту. Его бритый подбородок туго уперся в грудь; седые усы висят книзу. Из-под усов черною и кривою впадиною темнеет полуоткрытый рот. Не моргая, он странно глядит на носки своих туфель. Две вертлявые синицы с любопытством разглядывают с веток клена истертые шнуры его плисовой венгерки.

Бахмутов неподвижен. На лице его смерть.

СМЕРТЬ

Вот уже целая неделя, как я хожу сам не свой. Это произошло со мною совершенно неожиданно, застигло врасплох, как буря на море, как смерч в пустыне, как поезд, сошедший с рельсов. И я показался самому себе донельзя слабым, жалким и беспомощным. Вероятно, таким чувствует себя ребенок, потерявший мать на шумной и людной площади, где тысячи щегольских экипажей грозят ему смертью. Это ощущение беспомощности охватило меня всего, с ног до головы, и ни за что не хочет выпустить из своих рук.

Однако, я еще попробую бороться с ним. Сейчас же принимаюсь за работу — еду в поля, в луга, в лес.

* * *

Еще целая неделя мучений. Я худею и бледнею; это уже замечают все. Я сам рою себе преждевременную могилу. Боже, кто вынет из моей головы мысль, которая сверлит мой мозг, как прожорливый червь?

Я боюсь умереть — вот источник моих страданий.

Две недели тому назад к одному больному соседу приехал из Москвы врач-знаменитость. Я воспользовался случаем пригласить знаменитость к себе, так как чувствую по временам сердцебиение. Знаменитость осмотрела меня со всех сторон и объявила, что у меня порок сердца. Так-таки прямо в глаза мне и заявила:

— Можете прожить лет сорок, но можете умереть и через год. А то, пожалуй, и через месяц; и это случается.

Знаменитость многозначительно пососала конец левого уса и положила в карман своего жилета 25 рублей за приятный сюрприз.

Я уверен, что если я умру через месяц и знаменитость узнает об этом, она будет очень довольна своею проницательностью. Я знал доктора, который предсказал моему другу смерть день в день, минуту в минуту. И когда после ему напоминали об этом, его лицо расползалось в самодовольнейшую улыбку.

Спросите его, чему он радовался?..

Я слышу по коридору стук шагов. Это идет моя жена. Приходится прятать дневник и корчить улыбающееся лицо.

* * *

Впрочем, почему я так боюсь смерти? Ведь мне всего 35 лет, я силен, полон энергии, и неужели судьба будет так безжалостна?

Знаменитость, может быть, просто-напросто сболтнула для красного словца, а я плохо сплю по ночам, порою внезапно просыпаюсь с холодными ногами, чувствуя головокружение и тошноту, а днем брожу, как потерянный, с одною и тою же мыслью в голове. Я прислушиваюсь к биению своего сердца и от напряжения мои уши наполняет шум; мне кажется, что в саду играет буря. Я боюсь, что со мною будет обморок и хочу позвать жену. Я уже ставлю свои холодные ноги на пол, но в ту же минуту мне делается до боли стыдно за свою трусость, за свою мнительность, за свое животолюбие. И я снова с жалкою улыбкою кутаюсь в одеяло.

Знаменитость сказала, что я могу умереть через месяц. С того момента, как она изрекла это, прошло уже 17 дней.

Боже мой, неужели мне остается жить только 13 суток?

13 суток, 13 суток, 13 суток!

Кроме этого, я ни о чем не могу думать. Это суть всего сущего.

Если бы мои посевы побило градом, усадьбу спалило молнией, а моя жена убежала бы от меня с первым встречным, — право, в настоящую минуту это не особенно поразило бы меня.

13 суток — вот центр, к которому прилепилось все мое существование.

Я гадок самому себе.

* * *

Сегодня после небольшого дождика, шумного и веселого, вся окрестность внезапно просветлела, точно хороший человек улыбнулся; между небом и землею разлилось что-то прекрасное, необычайно нежное, ласкающее слух, вкус и обоняние. Я на минуту повеселел. Но когда я шел двором мимо кухни, я услышал голос жены. Она говорила:

— 12 суток.

Что такое 12 суток? Почему 12 суток? Неужели и жена верит словам знаменитости? Я ринулся в кухню бледный, как полотно, и опять почувствовал проклятое головокружение. Кажется, у меня тряслись колени. Жена изумленно раскрыла на меня свои глаза. Кухарка попятилась к печке.

Оказалась самая обыденная история:

12 суток тому назад посажены на яйца индейки. А я-то думал...

Надо взять себя в руки!

Ах, да! У меня косят луга, нужно съездить к косцам, а то я совсем отстал от дела.

* * *

Давно не садился за дневник. Необычайное происшествие отбило было у меня охоту писать.

Необычайное происшествие! Сейчас расскажу все по порядку.

Я поехал в луга с кучером в шарабане. День был веселый и солнечный. Поймы освещены так, что хоть сейчас пейзаж пиши. Косцы в праздничных нарядах, от травы медом попахивает, в кустах коростели кричат. Я сидел, смотрел на небо и землю и думал.

Эллины верили в существование гиперборейцев, которые могли жить по тысяче лет и более. А когда жизнь надоедала им, они бросались со скалы в море. Великолепная легенда, счастливая страна! Вот это я понимаю. Умереть, когда хочешь. Страшна не смерть, а эта деспотическая власть слепого фатума. Страшно жить под вечным страхом, что тебя, вот-вот, ни за что

115

ни про что, притянут на цугундер. Ужасно это нелепое своеволие судьбы, которая в каждый момент может столкнуть тебя в какую-то яму и превратить в пыль. Я думал приблизительно так, между тем как мой кучер внезапно повернул лошадь налево и даже слегка подстегнул ее. Я увидел, что он направляет ее к группе мужиков, толпившихся между двух ветелок. Мое сердце замерло; не знаю почему, я почувствовал, что ехать туда для меня не безопасно, что-то, что я увижу там, может дурно повлиять на мое здоровье, но я не имел силы остановить кучера. Меня поджигало мучительное любопытство. Мужики при нашем приближении расступились, снимая шапки. Кучер остановил лошадь. Я уже догадался об всем и поспешно вылез из шарабана. На земле передо мною лежал труп косаря. Я сразу узнал покойника. Еще вчера он выглядел здоровым и веселым и особенно громко хохотал вечером у костра.

Я глядел на него, пытаясь пронизать его своими глазами. Мне хотелось выпытать у него тайну, самую важную из всех когда-либо существовавших. Но он молчал. Он лежал на земле как-то особенно плотно и тяжело, точно земля слегка вдавалась под ним, желая поскорее поглотить все это неуклюжее тело целиком, без остатка. Его глаза были прикрыты двумя медными монетами, а его губы, посинелые и сухие, были раздвинуты в нелепую улыбку. Сразу было видно, что они улыбнулись так навсегда. Что может быть ужаснее жеста, сделанного раз навсегда? Я жадно смотрел на труп.

Две зеленые мухи ползали по его бороде, забирались на нос и слетали на полураскрытые губы. Казалось, они что-то взвешивали и соображали. Вероятно, они желали приступить к завтраку и не знали, откуда им лучше начать. Даже трава имела на труп свои виды; она заглядывала в его уши, теснилась у его боков и перешептывалась, совещаясь. Она соображала, сколько можно наделать цветов из знатных мускулов трупа. А ветер, припав к самой земле, лизал холодные и влажные омертвелые волосы покойного косаря, как голодный пес. Вся природа готовилась скушать своего победителя и полубога.

Я понял все и глядел на труп бледный, как полотно, дрожа в коленях.

Да, я понял все.

Тут вражда, непримиримая вражда!

С тех пор, как первобытный человек вышел с дубиною из своей берлоги, он покорил всех и все. Он прошел с огнем и железом по девственным лесам и степям. Он придавил своею могучею пятою всю землю и даже забрался на небо и прикинул на весы солнечную систему. Но он не победил смерти и в этом вся его ошибка. Нужно было начинать с этого. Или все или ничего! А теперь вся эта побежденная им армия, многочисленная, оборванная, голодная и обделенная жестоким победителем, ловит его врасплох, подкрадывается к спящему, точит микробами его органы, заражает вредными испарениями и пожирает ослабленного. У кого нет силы и ума, тому помогает лукавство.

Человечеству следует победить смерть — или отказаться от всех своих побед.

Я продолжал глядеть на труп, как вдруг ветка соседней вербы ласково прикоснулась к моей щеке. Я вздрогнул, как от пощечины. Неужели "им" мало косаря и "они" уже обрекли в снедь и меня? Мне хотелось приказать вырвать эту вербу с корнем и испепелить в порошок.

Однако, я воздержался и поспешно сел в шарабан, холодея от страха.

Кучер одним духом доставил меня домой.

Когда я вылез из шарабана, мой страх внезапно сменился злобою. У меня задергало губы. Я подошел к кучеру и крикнул ему в самое лицо:

— Я знаю, что ты нарочно подвез меня к мертвому косарю. Ты знал, негодяй, что это плохо отзовется на моем здоровье!

Я круто повернулся и пошел к крыльцу. На первой же ступеньке я упал, как подкошенный.

* * *

Трое суток я лежал в постели. Доктор бывал каждый день. Осмотрит меня, выйдет в другую комнату и пошепчется с женою. Воображают, что делают это осторожно, а я все вижу и про себя злюсь. Не ел почти ничего; все возбуждает тошноту, пахнет трупом. Доктор со мною необыкновенно ласков, лебезит и заискивает, как перед умирающим. Я отношусь к нему безразлично. Язык, впрочем, показываю ему с наслаждением.

* * *

Продолжаю хиреть.

С того момента, как знаменитость изрекла свое предсказание, прошло двадцать пять суток.

Четвертые сутки обдумываю одну и ту же мысль. Какую — пока секрет.

Утром произошел маленький пассаж с женою. Она пришла в мою комнату прекрасная и нарядная, в белом платье, осыпанном алыми бантиками. Она походила на хорошенький цветок, на который упала стая резвящихся мотыльков. Но я не любитель цветов. Я знаю, что эти с виду невинные создания причастны каннибальству и не брезгают трупным удобрением.

Жена тоже немало унесла у меня здоровья, хотя бы тем, что я сильно любил ее, а на любовь расходуешь силы. Природа на каждом шагу ставит нам ловушки. Очень уж ей хочется хоть чем-нибудь одолеть своего победителя.

Я долго беседовал с женою и она, в конце концов, расплакалась. Мое сердце наполнила злоба. Чего она начинает оплакивать меня вживе? Я взял жену за руку, тихохонько вывел ее из комнаты и запер двери на ключ.

* * *

Ночью был припадок.

Жена прибежала ко мне бледная и дрожащая. Я плакал, бился и дрожал от ужаса. Я боюсь смерти, вид трупа возбуждает во мне отвращение и я не хочу идти на завтрак зеленым мухам. Но, рано или поздно, они одолеют полубога и всеобщего победителя. Все это я говорил жене, но она поняла только, что мне очень плохо и проплакала со мною всю ночь. Ее слезы не трогали моего сердца, мне снова ужасно хотелось взять ее за руку и вывести вон из комнаты, но я напрягал всю волю, чтобы победить это желание.

Кстати, мне нужно некоторое упражнение воли. Это мне пригодится. Для чего — пока секрет.

Жена так и уснула на моей постели, вся в слезах. А я просидел в кресле, дрожа от холода и страха.

Завтра весь день не буду курить. Нужно упражнять волю.

* * *

Не курил весь день. Чувствую себя бодрым. На рассвете уснул на полчаса и видел во сне радугу. Сейчас умылся и зарядил револьвер. К чаю вышел веселый, но чаю не пил.

* * *

Последняя ночь.

Страшна не смерть, а ее неизбежность и сознание своей беспомощности. Страшно жить с вечным сознанием этой беспомощности. Гиперборейцы победили смерть, потому что сами бросались со скалы в море. Я поступлю, как гипербореец, и пусть земля поглотит мой труп. Я говорю ей:

— Я победил тебя и подчинил своей воле. Ты, как раба, пресмыкаешься у моих ног, но я из сострадания снизошел к тебе и отдаюсь на твою волю. Кушай на здоровье! Знай, что если я раньше боялся смерти, то только потому, что гнушался стать твоей снедью. Я не дорожил твоей оболочкой, взятой у тебя на прокат, и если бы мне доказали бессмертие, — там, вне тебя, — я бы не оставался на тебе ни одной минуты!

СВЯТАЯ ДУША

— Молитву "Яко Адам бысть изгнан" знаешь?

Бродяга смотрит в глаза сотского строго, как власть имущий. Сотский, здоровый, рыжебородый мужик, виновато опускает глаза.

— Нет, не знаем.

Бродяга соболезнующе чмокает губами.

— Вот то-то, не знаешь. Плохо твое дело, Стоеросов. Грешник ты большой Стоеросов! Ведь твоя фамилия Стоеросов?

Сотский смотрит на свои громадные валеные сапоги, в которые можно насыпать два пуда ржи, и вздыхает. По его широкому, скуластому и добродушному лицу с бородою, растущею от самых глаз, ползет нечто, похожее на скорбь. Он покрякивает и молчит.

— — Ведь, твоя фамилия Стоеросов? — повторяет бродяга.

— Стоеросов, — говорит сотский и снова вздыхает.

— Страшную кару примешь ты на небесех, Стоеросов! — произносит бродяга и грозит пальцем с ободранным ногтем. — Стра-ашную кару!

Сотский ежится. За окном посвистывает метель. Они сидят на въезжей. Сотский везет бродягу, арестованного, как беспаспортного, от урядника из села Колмазова к становому в село Большие Варежки. За дощатою перегородкою слышны похрапывания четырех носов. Три носа принадлежат хозяевам избы, четвертый — теленку. Три носа, очевидно, давно сыгрались, один не мешает другому, и только теленок постоянно запаздывает, разрушая гармонию. Бродяга и сотский только что поужинали. В избе еще держится запах конопляного масла и кислой капусты, а кривоногий стол носит на себе следы елозившей по нем мокрой мочалки. На столе горит свечка в жестяном подсвечнике. В избе полумрак; слышно, как с подоконника стекает вода, капая на пол.

— Образ Троеручицы видел? — спрашивает бродяга, насквозь пронизывая сотского слезящимися глазами.

— Н-не видел, — шепчет тот.

Бродяга встает и ходит из угла в угол по избе; половицы поскрипывают под его ногами. Он худ, мал и тщедушен; на его щеках, подбородке и кадыке торчит скудная растительность неопределенного цвета. Гладко остриженная голова покрыта золотушными струпьями. Одет он в женскую кацавейку, солдатские штаны и разбитые валенки. На шее красный просаленный шарф. По виду ему лет сорок.

— На Афоне был? — спрашивает он сотского.

Тот вздыхает.

— Н-нет, н-не был.

— А я два раза туда ходил.

Сотский решается приподнять глаза.

— Хорошо там, небось? — спрашивает он.

Бродяга опускается на лавку и держится обеими руками за ее края.

— Да я, признаться, не доходил до Афона-то, — отрывисто говорит он. — Меня в Кишиневе заарестовали понапраслину, я, было, об этом лезорюцию знакомому архимандриту написал, да квитанцию потерял. Так моя лезорюция даром и пропала!.. Много я за правду пострадал, Стоеросов, — добавляет он и смотрит в потолок. — И не ропщу! Льщусь, награду и мзду свою на небесех обрящу.

Он молчит и через минуту опять добавляет:

— Отпусти ты меня, Стоеросов! Что тебе стоит? Скажешь, что ночью с дороги сбежал, и вся недолга!

Сотский крутит головою.

— Никак нельзя, обязанность!

Бродяга подпрыгивает на лавке, и его глаза загораются.

— Грешник ты, Стоеросов, великий грешник! — шипит он. — Посадят тебя на том свете на горящую сковородку за мою святую душеньку! Разбойник ты, фарисей и варнак!

— Никак нельзя, — повторяет сотский уныло.

В избе опять делается тихо.

— К "Утоли моя печали" прикладывался? — через минуту спрашивает бродяга Стоеросова отрывисто и злобно.

Тому делается страшно и жутко. .

— Н-нет, — вздыхает он.

— На Ивана Постного круглое ел? Добра какого ни на есть воровать доводилось?

— Н-не... — говорит сотский и осекается. — Однова, сена с-с полвозика... Это точно, — добавляет он, запинаясь.

— Грешник, грешник, грешник! — восклицает бродяга шипящим голосом и подскакивает на лавке. — Посадят тебя на том свете на горячую сковородку, да сеном-то и обложат, да и подожгут! И сбегутся к тебе со всех сторон шишиги хвостатые, чиганашки красноглазые, ведьмы зеленобрюхие и учнут тебя вилами, да вилами, да вилами!

Бродяга брызжет слюною и тычет пальцем.

— И взмолишься ты ко мне из пекла адова: "Гаврюшенька, святая душенька, дай мне водицы!" И покажу я тебе, Стоеросов, фигу. "А ты меня пожалел?" — спрошу. — "А ты меня пожалел, вор, искариот и предатель?" — И горько заплачешь ты!

Бродяга замолкает. Сотский сидит с красным лицом и надувшимися на висках жилами.

— Пожалел бы ты нас, — шепчет он.

— Не пожалею! — шипит бродяга, поднимая руку над головою и грозно потрясая указательным пальцем с ободранным ногтем. — Не пожалею!

— Господи! — крутит головою сотский.

— В Ерусалим паломничал? — между тем спрашивает его бродяга так же строго.

Сотский вое крутит головою.

— Где нам уж, Госп...

Бродяга останавливается перед ним, заложив за спину руки.

— А я три раза туда ходил!

— И ко гробу Господню приложиться сподобились?

Бродяга трясет головою.

— Нет, меня в Одесте заарестовали понапраслину. Трем иеромонахам писал об этом. "Претерпи", ответили.

Сотский крутит головою и вздыхает:

— Госп...

Вскоре бродяга и сотский укладываются спать. Сотский кладет под голову аккуратно свернутую нанковую поддевку, бродяга — рваную шапчонку. Сотский тушит свечку. Лицо его красно, и жилы на висках надуты. Ему страшно и тяжело; он чувствует себя с головою погрязшим в грехах. Он кряхтит и ворочается с боку на бок. В избе тихо; слышно, как с подоконника капает вода, да четыре носа выводят за перегородкою свою песенку. И сотскому кажется, что каждый нос повторяет свое слово. Первый нос с присвистом выговаривает:

— Тетенька!

Второй нос шипит:

— Па-а-ш-ша!

Третий нос коротко произносит:

— Ш-ш-леп!

А четвертый нос, телячий, флегматически повторяете:

— Хам-гам.

При этом теленок постоянно запаздывает, так что его "хам-гам" слышится то после "тетеньки", то после "Паши", то после "шлеп".

— Господи, Госп... — шепчет сотский.

— Стоеросов! — строго говорит бродяга. — Зажги, идол, свечку, меня вошь заела!

Сотский зажигаете свечку. Когда бродяга скидает с себя грязную рубаху и начинаете шарит в ней пальцами, повернув к огню свою с выдавшимися позвонками спину, Стоеросову бросаются в глаза фиолетовые рубцы, исполосовавшие эту спину вдоль и поперек.

— Где это тебя так? — спрашивает он с ужасом.

Бродяга быстро надевает рубаку; когда он, застегиваете ворот, его руки дрожат. Он подходит к лавке, падает на нее ничком и, уткнув лицо в дырявую кацавейку, начинает плакать. Жиденькие, слабенькие и горькие рыдания вырываются из его горла. Его голова трясется, тыкая носом в кацавейку.

— В Благовещенске... Этто... мне плетьми исполосовали...

— говорит он между всхлипываниями. — И опять исполосуют... Тебя как зовут-то? — добавляет он, плача и шмыгая носом.

— Григорием, — говорит сотский.

— Боюсь я, Гришенька, плетей, — шепчет бродяга слабеньким голосом. — Ох, как боюсь!.. Так боюсь, што, кажись, сейчас бы рай свой загробный на твой ад променял, только бы плетей миновать!

Сотский со страхом глядит на его трясущуюся голову. Бродяга, наконец, встает с лавки и, шмыгая носом, надевает свою кацавейку. Его глаза красны. Он долго не может попасть в рукав.

— Отпусти меня, Гришенька, — шепчет он.

Сотскому страшно и тяжело. В сердце он ощущает боль, точно туда насыпали битого стекла. Наконец, он набирается смелости и говорит:

— Вот то-то и оно... ты говоришь... А нешто без дела плетьми станут стегать?

Он еще не успевает договорит последних слов, как бродяга наскакивает на него с пеной у рта.

— Ты говоришь, ты говоришь... — шипит он. — А ты об Андрее Первозванном читал? О Варфоломее и Варнаве, читал? Симеоне Столпнике, об Иустине Философе, о деве Лукии читал? А? Читал, идол? Читал, капище поганое? Читал? Спросишь ты у меня водички, искариот! Покажу я тебе фигу, предатель! Узнаешь ты, как сено воровать, башня ты Вавилонская!

Бродяга наскакивает на сотского и измеряет его уничтожающим взором. Тот сопит, не смея поднять глаз. Жилы на его висках опять надуваются, лицо краснеет. Кажется, что вот-вот его хватит кондрашка.

— Дозвольте, — говорит он. — Дозвольте, господин, дозвольте, господин, одно слово. Одно слово. Я, конешно, я мужик, мразь! Я не то, что сено, я однова целый воз дров уволок. Сиволдай, как есть. Кто нас чему учит, дозвольте вас спросить? Верно сказали, што идол! Я не то, што воз дров, я, когда моя жена Акулина на побывку к родителям ездила, к Варваре ходил. Истинное слово, ходил! Каждый день ходил. И, конечно, я в аду буду. Это точно. Только вот што я вам скажу: конешно, я скот и идол, а вы уходите отседова! Не мучайте моего сердца, уходите! Пожалейте меня уходите, сделайте милость!

Бродяга долго не понимает, что говорит ему сотский, и, наконец, поняв, начинает быстро ходить из угла в угол. Затем, он делает рукою по воздуху решительный жест.

— Не пойду, — заявляет он. — Погублю я твою душу, Стоеросов! Не пойду! Пусть меня во всех городах плетьми жарят! Не пойду! Покажу я тебе, Стоеросов, фигу!

Бродяга бегает по избе, отчаянно размахивая руками. Сотский поднимается с лавки и начинает ходить за ним, по пятам.

— Уходите, господин, — шепчет он умоляюще. — Уходите, сделайте милость.

— Не уйду!

Бродяга останавливается и протягивает руку.

— Или вот что: давай трешницу, — говорит он отрывисто, точно ругается.

— Нет у меня трешницы. Сделайте милость, господин, уходите, — шепчет сотский, прижимая обе руки к сердцу.

Все его лицо надувается.

— Ну, вот то-то, — говорит бродяга. — Ты у меня смотри, того! — и он грозит пальцем перед самым носом, сотского.

— Не буду. Уходите, ради Господа, — стонет тот.

Бродяга исчезает за дверью, но через минуту, снова приотворив дверь, шипит:

— Смотри же ты у меня, Стоеросов! Помни, капище богопротивное!

— Уходите, — стонет сотский, отмахиваясь обеими руками.

Бродяга исчезает. Стоеросов тушит свечку и укладывается на лавке. Сердце его усиленно бьется; он сопит и покрякивает. Он представляется самому себе разбойником и душегубом.

— Господи милостивец! — шепчет он вздыхая.

С окна монотонно капает вода. За перегородкою слышится разговор носов:

— Тетенька!.. Паша!.. Шлеп!

— Хам-гам, — сопит не в очередь теленок. Часа через два, однако, сотский приходит в себя и начинает ясно понимать то, что он сделал. Бледный, он соскакивает с лавки, и тихая избенка оглашается его диким криком:

— Батюшки, милостивцы! Арестант, разбойник, сбежал!..

УРОД

Пятилетняя Анка сидела на завалинке своей полуразрушенной хаты и широко открытыми глазами глядела на галдевших перед нею мужиков. Грязная улица сельца Панкратова погружалась во мрак; коричневая крыша маленькой сельской церкви казалась черною, и торчавшая у самой околицы ветла делалась похожею на стог сена. А в темном апрельском небе ходили тучи, постепенно одна за другою загорались звезды и красными пятнами догорала в сыром тумане вечерняя заря.

Анка сидела на завалинке и ёжилась от сырости. Порою ее глаза широко раскрывались, она точно припоминала о чем-то непонятном и углы ее губ начинало подергивать; она готова была расплакаться, но когда к ее коленям подходила черная собака Арапка, девочка повертывала к ней свое личико и начинала беззаботно играть с ее кудлатым хвостом. Между тем, крестьяне продолжали беспорядочно галдеть перед нею, решая участь девочки. Как-нибудь ее нужно пристроить, так как она осталась сиротою. Три дня тому назад, ее мать, безродная вдова Марья Перфилиха, умерла и сегодня утром ее высохшее и застывшее тело предано земле. Родственников у Марьи Перфилихи не было ни души, и Анка осталась совершенно одинокою, если не считать кудлатую собаку Арапку. Девочку куда-нибудь нужно было определить, но никто из крестьян взять ее к себе не желал: каждому лишний рот в семье был бы в тягость. Мальчика каждый взял бы с охотою, мальчик иное дело, а девочка — девка одна обуза. Полуразвалившуюся хату Марьи Перфилихи брал за долг Евграф Глухой и, таким образом, Анка оставалась даже без пристанища. Евграф Глухой, в то время как мужики решали участь Анки, уже оглядел хату со всех сторон, внимательно выстукал и выслушал нижние венцы сруба и мысленно решил через неделю разобрать хату до основания и из полусгнивших бревен выкроить небольшой амбар. Хата, казалось, знала, что дни ее сочтены и панкратовское общество единогласно подписало ей смертный приговор, и она глядела на Евграфа Глухого своими подслеповатыми окнами с тем усталым равнодушием, с каким глядит изъезженная кляча в лицо живодера, засучивающего рукава своей рубахи.

Между тем, к галдевшим мужикам, решавшим участь сиротки, подполз на четвереньках урод Егорка; он пробрался, расталкивая руками их колени, дополз до собаки и, обхватив ее шею, стал кувыркаться с нею по земле. Анка даже рассмеялась, а Евграф Глухой крикнул уроду:

— Ах ты, кренделем ноги, чтоб тебя!

Урод тоже рассмеялся в свою очередь.

Урод Егорка не панкратовский уроженец. Пришел он в Панкратово три года тому назад Бог весть откуда и с тех пор живет у старого деда Лазаря, уплачивая ему за квартиру 30 коп. в месяц. Ростом он с аршин и принужден ходить на четвереньках, так как его ноги странным образом переплетены до колен и загнуты назад. Стоял он всегда на коленях, а при ходьбе опускался на четвереньки, опираясь на кулаки, отчего они у него загрубели и потрескались, как волчьи пальцы. Занимался он плетением корзин, лаптей и верш, а каждое лето, кроме того, нанимался караулить бахчу у помещика Синицына. С такою работою он справлялся легко. Его длинные руки были сильны и бегал он, хотя и на четвереньках, но весьма быстро. В настоящую минуту его возня с собакою рассмешила мужиков и они прекратили свой спор. Евграф даже предложил сходу пока ничего не решать относительно Анки... На этих днях он рассчитывал побывать в соседнем селе Дылдове; в Дылдове мужик позажиточней и, может быть, там кто-нибудь возьмет Анку в приемыши. А пока ее можно оставить жить в ее же хате, приставив к ней для надзора глухую бабушку Солмониду, а кормить ее эти дни можно подворно, как мирского пастуха. Это предложение было принято единогласно и мужики стали расходиться. Скоро их говор смолк в темной и сырой улице сельца Панкратова. У покосившейся хаты покойной Марьи Перфилихи остались Анка, глухая бабушка Солмонида,

Арапка и урод Егорка. Анка с грустным личиком сидела и ёжилась на завалинке. Бабушка Солмонида подошла к ней, взяла ее на руки и понесла в избу, а Егорка и Арапка последовали за нею. Арапка остался в сенях, а Егорка пробрался в избу. Он все глядел на личико Анки и точно о чем-то думал. Его безбородое и изрытое морщинами лицо было сосредоточенно. Бабушка Солмонида, впрочем, не обратила на него ровно никакого внимания. Она улеглась вместе с Анкою на печке; Анка сперва о чем-то плакала и всхлипывала, а бабушка Солмонида ее вполголоса утешала. Но, наконец, они обе заснули и засвистели носами. В избе стало тихо; только с далеких пойм долетало порою в избу одинокое покрякивание утки. И тогда Егорка почмокал губами, покачал головою и стал укладываться на ночлег — тут же, в углу хаты. Его сердце точно чем-то сверлили. Он снял свой заплатанный кафтан, подложил его в изголовье и начал тихонько разувать с своих колен лапти.

Лапти он носил на коленях.

Утром следующего дня Егорка пришел к помещику Синицыну и спросил его, наймет ли он его и на это лето караулить бахчу. Синицын рассмеялся и сказал, что он рад нанимать Егорку хотя каждое лето, так как он — караульщик честный и исправный. И тогда Егорка просил позволения построить ему на участке, где сеется бахча, землянку, в которой он мог бы жить и зиму, и осень, и лето, вообще, круглый год. Синицын и на это изъявил свое полное согласие. Четырех сажен земли ему не жаль. Летом все равно нужно где-нибудь строить шалаш, а зимою и осенью на этой земле ничего не сеют.

Егорка вышел от Синицына радостный и веселый, и целую неделю не показывался в Панкратове. Целую неделю он был весь в хлопотах. Два мужика из села Дылдова, под надзором и при сильном участии самого Егорки, копали землянку на Синицынской бахче, у речки Талой. Через шесть дней землянка была готова вполне. Она была вся выкопана в земле и занимала немногим менее двух квадратных саженей земли. Ее земляные стены были выложены с внутренней стороны топкими бревнышками и вымазаны глиною. Глиною же был вымазан и весь пол землянки. В крыше было сделано маленькое оконце, посреди землянки — печь, а вдоль ее стен деревянные лавки. А в красном углу помещался образ Георгия Победоносца. Вообще, землянка вышла хоть куда, несмотря на то, что помещалась она вся в земле, и над землею возвышалась только вымазанная глиною крыша да дымовая труба, или, вернее, горлышко молочного горшка.

Егорка рассчитался с мужиками и поскреб в затылке; землянка стоила ему 17 рублей, копейка в копеечку, и теперь из двадцати пяти рублей, скопленных им в течение двадцати лет упорного труда, у него оставалось лишь восемь. Однако, Егорка истраченных денег не пожалел, а скорее попенял, что осталось их немного, и тотчас же на четвереньках побежал в сельцо Панкратово.

Крестьяне сельца Панкратова были сильно удивлены, когда Егорка заявил им, что желает взять Анку к себе в приемыши и что у него есть теперь своя хата. Но они совещались недолго, так как и в Дылдове охотников взять Анку не находилось. Анка была вручена уроду Егорке всем сходом, как приемная дочь.

Только кто-то из крестьян сострил:

— Да ты не жениться ли на ней хочешь, кренделевы ноги?

А Евграф Глухой добавил:

— То-то, поди, трепака будет откалывать на своей свадьбе.

Крестьяне расхохотались и этим дело покончилось. Егорка и Анка отправились к реке Талой, в свою хату — Анка, слегка как будто оробевшая, а Егорка сосредоточенный; и серьезный. Теперь и у него, как у всех настоящих людей, есть дочь.

Когда они подошли к речке Талой, их нагнал Арапка; Егорка даже расхохотался от радости и проговорил:

— Ах, ты, елёха-воха, чтоб тебя! Ну, иди, пострел, и тебя кормить буду!

Арапка весело завилял хвостом и лизнул урода прямо в нос, а урод посадил Анку к себе на спину. Через речку нужно было идти по узкому, в две тесины переходу, и Егорка боялся, чтобы девочка не упала в воду. Придерживая Анку одною рукою на своей спине, урод тихонько полез через переход. Через минуту он, Анка и собака были уже возле своей хаты. Отворяя дверь хаты, урод весело крикнул:

— Всех кормить буду, чтоб вам. Как лошадь работать буду! — и, подмигнув глазом Анке, он добавил: — Недаром я на четырех ногах хожу!

Прошел месяц... Анка, урод и Арапка жили в своей землянке тихо, мирно и дружно. Анка, вначале боявшаяся Егорки, заметно стала привыкать к нему. Урод старался всячески развлекать девочку и наделал ей много игрушек. Из ветловой коры он устроил ей дудку, из липового обрубка — кузнецов, из случайно найденного им козна — буркало, которое так громко гудело, что Арапка каждый раз начинал отчаянно лаять. Все трое — они целый день жили на воздухе и только спали в землянке. Урод пек хлеб, стирал Анке посконные рубашечки, плел лапти. Работы у него было по горло. Анка же копалась в песке или свистела в ветловую дудку. И когда урод смотрел на катавшуюся по песку Анку, работа в его руках спорилась живее и ему делалось так весело, что он начинал кричать петухом. Анка смеялась в ответ уроду, а Арапка, целые дни спавший на припеке, подходил к Егорке, вилял хвостом и лизал его в нос. Иногда к ним в землянку приходила в гости глухая бабушка Солмонида. Она жаловалась на свою глухоту, а Егорка угощал ее ухой. И тогда между ними происходил обыкновенно приблизительно следующий разговор. Егорка говорил Солмониде:

— И рыбы у нас, бабушка, в Талой, страсть!

А глухая бабушка Солмонида отвечала:

— Да, родимый, рупь с четвертаком, рупь с четвертаком!

— Да ты про что, бабушка? — спрашивал, смеясь, Егорка.

— Про жену, про Епифоркину, про кого же!

— А я про рыбу.

— А-а, спасибо, родимый, спасибо, больше не хочу.

Каждое первое число Егорка ходил в усадьбу Синицына получать месячную: ржаную муку и пшено. Эти дни были для него самыми мучительными; он боялся, чтобы в его отсутствие с Анкою чего-нибудь не произошло. И когда он возвращался к своей землянке весь потный и усталый, с почти двухпудовою клажею на своей широкой спине и видел Анку, беззаботно игравшую в буркало, а Арапку, неистово около ее ног лаявшего, с его сердца точно сваливалась тяжесть. И до следующего первого числа он был спокоен. Между тем, Синицын, узнав, что у урода есть приемная дочь, объявил Егорке, что ему будет выдаваться месячная круглый год. А жена Синицына не раз просила Егорку привести свою приемную дочку к ней; она желала ее посмотреть. Однако Егорка желания Синицыной не исполнял. Он боялся, что Анка понравится барыне и барыня отнимет у него девочку.

На Казанскую бабушка Солмонида прогостила в землянке целые сутки, а Егорка бегал в село Дылдово на ярмарку. Там он пел Лазаря и в сутки набрал трешниками целых полтора рубля. С ярмарки он принес Анке ситцевый сарафанчик и башмачки, а бабушке Солмониде фунт кренделей, которых бабушка, к его сожалению, разгрызть никак не могла. И так, дни шли за днями на реке Талой; бахча уже поспевала; соловьи давно перестали петь. По теплым ночам скрипели одни коростели, да пронзительно покрикивали цапли. Анка совершенно привыкла к уроду, но иногда она все-таки скучала. От дверей землянки, где она возилась по целым дням, была видна река Талая, узкий переход через нее, а дальше — зеленые поймы, с желтыми цветами на месте выпитых солнцем и почвою весенних луж и, наконец, крест панкратовской церкви. И когда девочка смотрела на этот крест, личико ее делалось грустным. Порою она начинала даже горько плакать и заявляла, что хочет к мамке. Урод в эти минуты обыкновенно старался всячески рассеять девочку: он возил ее на своей спине, кувыркался перед нею колесом или изображал ей петушиный бой. Но иногда это не помогало, и Анка так и засыпала вся в слезах. В эти ночи обыкновенно и Егорка долго не мог заснуть. Он беспокойно ворочался на своей лавке и думал. Вот и у него есть, наконец, дочка, хорошая дочка. В сорок лет Бог послал ему дочку. Пока она мала, он будет много работать. А вырастет дочка, будет ему утешением. Он выдаст ее замуж, и она вместе с мужем будут величать его по имени и по отчеству Егором, Егором... но как урод ни напрягал памяти, он не мог вспомнить, как его зовут по отчеству. И это его огорчало.

Прошел еще месяц и еще... Река Талая стала мутною и неприветливою. Листья приречных ракит облетели. Бахчу уже давно убрали. По ночам стало холодно и печку приходилось протапливать. Чтобы закрыть трубу, нужно было лезть на крышу землянки и закрывать горло молочного горшка доскою, а доску накрывать кирпичом, чтобы ее не сшибло резким осенним ветром. По вечерам урод плел лапти и корзины, Арапка грелся у печки, а Анка играла в голанцы. От скуки и для развлечения девочки урод выучил Арапку поноске. Он бросал свою шапку и Арапка, к удовольствию девочки, каждый раз приносил ему шапку обратно. Кажется, и Арапка весьма гордился своим искусством. Иногда в землянке всю ночь, не переставая, слышался монотонный шум дождя и завывание ветра. Раза два в лунную и холодную ночь, на молочном горшке землянки сидел пробиравшийся на синицынское гумно русак и, нюхая воздух, прислушивался к громкому храпу урода и тихому дыханью девочки. А когда Егорка, наконец, взял носом неизмеримо высокую ноту, русак дал такого стрекача, что сшиб и доску, и кирпич, оберегавшие тепло землянки. И уроду пришлось лазить на крышу вторично.

Второго октября, в день святого священномученика Киприана, Егорка надумал идти в село Дылдово. Там в этот день храмовой праздник и урод рассчитывал посбирать на селе весь день Христа-ради. Анке нужно было справить хотя какую-нибудь шубенку. Уходя, он строго наказал "дочке" не отлучатся: из землянки, а Арапку просил оберегать девочку. Анка ласково кивнула головкою на просьбу урода, а Арапка повилял хвостом: "Знаем дескать, братец сами не маленькие!" И урод пошел к Дылдово совершенно спокойно.

День был солнечный и веселый, и Анка проиграла у дверей хаты с Арапкою вплоть до вечера Но перед вечером она внезапно увидела блеснувший на солнце крест панкратовской церкви и расплакалась. Арапка подбежал к ней и лизнул ее в лицо. Девочка проговорила: "Хочу к мамке, к мамке хочу!"

И тогда Арапка подбежал к переходу, оглянулся на девочку и завилял хвостом. Анка сквозь слезы повторяла: "Хочу к мамке!"

Арапка все стоял у перехода, глядел на девочку и вилял хвостом. Казалось, он хотел сказать Анке: "Да иди же, разве я не знаю дороги к Марье Перфилихе? Или забыл?"

Анка точно что-то припомнила. Она вся в слезах поднялась на ноги и пошла к Арапке. Арапка, очевидно, обрадовался, что его, наконец, поняли и, дружелюбно помахивая хвостом, пошел по переходу. Девочка последовала за ним...

Месяц уже высоко стоял на небе, когда урод подошел к своей землянке. В Дылдове его задержали, он сильно запоздал и это его беспокоило. Он вошел в хату и зажег спичку. Его обдало холодом: ни Арапки, ни Анки там не было. Егорка опрометью бросился вон. На мокром берегу Талой он крикнул: "Анка! Анка!" Ему никто не откликнулся. Он огляделся и повторил свой крик, но его слова снова замерли без отклика в сыром воздухе. Урод подбежал к землянке и стал разглядывать влажный песок. При свете месяца он увидел следы Анкиных башмачков; они вели к переходу. Урод с захолонувшим сердцем, на четвереньках, побежал по следу, но на мокрых тесинах следа не было, да если бы он и был, его нельзя было бы увидеть: месяц хотя и светил, но тускло. Хмурые тучки постоянно затягивали его диск. Урод выбежал на противоположный берег, но и там на песке следов Анкиных башмачков не было видно. Но зато урод увидел Арапку; он лежал, свернувшись в комок, на мокром берегу речки, несколько влево от перехода. Урод крикнул: "Арапка, Арапка!"

Собака приподняла голову, ее глаза были мутны. Виновато она подошла к уроду. И тут месяц вышел из-за туч и урод увидел башмачок Анки; он качался на воде, под ветками ракит, почти у самого берега, в двух шагах от перехода. Рядом с ним качалась на воде звездочка. Это был тот самый башмачок, который урод подарил своей дочке на Казанскую ярмарку.

Урод завизжал и припал лицом к мокрой земле. Он понял все...
В таком положении он пробыл несколько минут. Сырые
поймы заволакивались туманом и слушали вопли, похожие на
крик совы. Месяц быстро шел навстречу сизым тучам.
Несколько дождевых капель упало на землю. Урод
приподнялся с земли и одним прыжком внезапно бросился в
воду; желал ли он утонуть или достать тело Анки — неизвестно;
его неуклюжее тело тяжело шлепнулось на том месте, где
покачивался башмачок Анки. Потом все стихло; по речке
Талой побежали круги и, наконец, исчезли. Рядом с
крошечным башмачком Анки всплыла тяжелая шапка урода.
Арапка все сидел на берегу, смотрел на шапку и башмачок
мутными глазами и дрожал. Его пробирало сыростью.
Наконец он точно о чем-то вспомнил, тихонько сошел с берега,
подплыл к шапке и, захватив ее зубами, выволок на берег.
Минуту он снова просидел на берегу, чего-то ожидая, а затем
проделал то же самое и с башмачком Анки. На рассвете
Арапка пришел в сельцо Панкратове, к тому месту, где раньше
стояла изба Марьи Перфилихи. Но на этом месте была только
яма. Мокрый, он улегся на дне ямы, свернулся в комок, засунул
морду под хвост и закрыл глаза. Теперь ему нигде не достать
хлеба и, кажется, он решился умирать...

ЖЕНИХИ

Мытищев приехал в усадьбу Сукноваловой на велосипеде. От его имения до усадьбы Сукноваловой всего 15 верст, и Мытищев любит ездить туда таким образом. И скоро и весело, да и человека брать не нужно; велосипед можно без всяких предосторожностей бросить у крыльца.

Мытищев так и сделал. И, щуря глаза, он оглядывал всю щеголеватую, недавно выстроенную усадьбу Сукноваловой, обильно освещенную лучами заходящего солнца. Усадьба поистине была великолепная. Все ее постройки, начиная с поместительного о двух этажах дома, были возведены из камня и крыты железом. Виделся даже кое-какой стиль. Двор, обширный и ровный, был тщательно выметен и посыпан желтым песком. Все поражало здесь блеском и чистотою. Усадьба эта выстроена три года тому назад, под надзором Сукноваловой, жестоко скучавшей в то время от безделья и развлекавшей себя постройками. Это имение приносит ей доходу до девяти тысяч в год, сама же Сукновалова считается в миллион. Она единственная дочь теперь уже умершего купца Ивана Сукновалова, суконного фабриканта, мельника и землевладельца. По происхождению он был крестьянин, но одевался европейцем. Свои толстые пальцы он любил украшать дорогими перстнями, а на левой руке носил даже браслет, память по своей рано умершей жене. Кроме того, на носу он носил синие очки, впрочем, по необходимости. Однажды, разглядывая в не совсем трезвом виде устройство револьвера, он нечаянно спустил курок; пуля, по счастью, прошла мимо его носа и ему только опалило веки. После этого он и надел на нос синие очки и его почему-то прозвали в уезде Бисмарком, хотя он ничего общего с железным канцлером не имел. Впрочем, Бисмарк этот дал дочери хорошее образование. Теперь ей 25 лет, она еще девушка и живет со старухою теткою Аграфеною Михайловною, которую зовет "тетенькой незнайкой", так как она почти каждую свою фразу начинает словами: "Не знаю уж как, Аксюшенька". Тетушка эта бездетная вдова, дама очень полная и рыхлая. Она очень любит баню и чай пьет с медом, уверяя, что сахар перегоняют через собачью кость. Кроме этого, она любит послушать хорошего дьякона и ведет переписку с одним монахом из Афонского монастыря.

Мытищев припомнил все это, оглядывая Сукноваловскую усадьбу. И тут он услышал веселый хохот на балконе. Он сразу узнал голос Ксении Ивановны и торопливо пошел в сад, рассчитывая, что вся их компания уже в сборе и пьет на балконе чай. У Ксении Ивановны Сукноваловой бывали преимущественно мужчины и притом неженатые, иначе сказать женихи, так как она считалась самою богатою невестою в уезде. Мытищев шел к балкону. Ему 28 лет, лицо у него худощавое и красивое, лоб выпуклый и бледный, русые волосы слегка вьются. Сразу видно, что он изнежен, избалован и... весь в долгу. И в походке, и в костюме и во всех его движениях сквозит небрежность, пожалуй, даже кокетливая. И его усы небрежно опущены книзу, хотя подбородок тщательно выбрит. Пожалуй, и концы усов он растрепал умышленно перед зеркалом.

Мытищев вошел на балкон. Там уже было несколько человек — люди, хорошо известные Мытщцеву. Все группировались вокруг стола, на котором, пуская из-под крышки кудрявый пар, кипел самовар. Ксения Ивановна ела с блюдечка земляничное варенье и ее губы были ярче, чем всегда. Тетушка Аграфена Михайловна пила с медом чай, посматривая на всех своими смеющимися глазами. Глаза у нее смеялись постоянно и что-то уж очень добродушно. Кроме хозяйки и ее тетушки, за столом сидели Борисоглебский, Пальчик и Потягаев. Все они ближайшие соседи Ксении Ивановны. Борисоглебский, высокий брюнет, молодой и видный. По всему видно, что он недурно поет баритоном и весьма этим гордится. И бороду свою он подстригает, как и все баритоны: не так коротко, как тенора; Пальчик — юноша лет двадцати двух, без усов и без бороды, белокурый и хорошенький, с глазами молодой девушки. Одет он во все пестрое. А Потягаев человек лет сорока; он очень молчалив и в уезде его зовут "дудаком". Говорят, редко кто слышал крик этой птицы. Наружностью он, что называется, ни то ни се, и о нем забывают тотчас же, как он является. Одевается он бедно, на выборах всем кладет направо, а Ксения Ивановна зовет его "гиероглифом".

Все гости попивали чай. Ксения Ивановна увидев Мытищева, встала к нему навстречу. Она очень красивая девушка, несколько полная блондинка с ясными серыми глазами.

— А я вас заждалась Михайло Сергеич, — сказала она с улыбкою: — мы собираемся кататься: на лодке, а я и думаю: неужто без Михайлы Сергеича ехать?

Она, улыбаясь, подала Мытищеву руку. Голос у нее ленивый и певучий, а улыбка сердечная и хорошая.

Мытищев стал здороваться со всеми, а Ксения Ивановна опустилась на стул доедать варенье.

— Что вы так долго к нам не заглядывали? — спросила она Мытищева, когда тот принял от Аграфены Михайловны свой стакан чаю.

— Дела-с, — отвечал Мытищев: — все выгодного дела искал, деньги нужны до зарезу.

— Как так?

— Да разве вы не слыхали, что мое именье назначено в продажу? Да-с. Я вот сижу с вами да балясничаю, а между тем у меня — "на лбу роковые слова: продается с публичного торга!"

Борисоглебский, ходивший в это время по балкону, заложив в карманы руки, пропел баритоном:

А на лбу роковые слова:
Продается с публичного торга!

— Какая жалость! — вздохнула Сукновалова и, обратившись к Борисоглебскому, заметила:

— Да будет вам дудеть-то!

Борисоглебский, вытянув шею, пропел:

— Do, do, mi, fa...

— Неужто это правда? — с участием спросила Ксения Ивановна Мытищева.

— Воистину, — отвечал тот и, махнув рукою, добавил:

— Да будет говорить об этом; я же всегда знал, что этим окончу свои дни. Скажите-ка лучше, над чем вы тут смеялись?

Ксения Ивановна поставила на стол локти и глянула на Мытищева. Она была в простом холстинковом платье и ее тяжелая золотистая коса лежала просто и красиво на голове. Внезапно она показалась Мытищеву похожею на сестру милосердия.

— А смеялись мы вот над чем, — отвечала она: — спросила я ради шутки Андрюшу Пальчика, для чего он ко мне каждый день ездит. Неужто, говорю, вы думаете, что я за вас замуж пойду? А у него вдруг слезы в глазах. Я бы, говорит, и рад не ездить, да меня мамаша посылает.

Все рассмеялись. Пальчик покраснел и его глаза стали влажны. Мытищев принялся за свой чай.

Между тем, совершенно темнело и в липовых аллеях сада ложились на ночлег лиловые тени. Запад гас; одинокая тучка, слегка растягиваясь и извиваясь, перекочевывала с севера на юг, как стая перелетных птиц. Говор жизни стихал и немая тишина уже коснулась земли, заворожив и поля, и луга и лес. Только разбросанный там и сям деревушки да извивавшиеся между полями серые ленты проселочных дорог еще не подчинялись ее обаятельной власти. Оттуда доносилось порою то протяжное мычание затерявшегося теленка, то громыхание крестьянской телеги, то скрип затворяемых ворот. И одинокий мужичий голос уныло выводил где-то ноту за нотою:

Се-десь пырам-ча-ался

Вы-ор бы-ра-дя-га-а...

Через час вся компания уже сидела в лодке и приближалась к противоположному берегу. Ксения Ивановна правила рулем и напевала:

Андрюша Пальчик,

Хороший мальчик.

Порою она посматривала на Митищева, и думала: "Я знаю, что он злой и нехороший, почему же он мне нравится? Разве злость достоинство? Или уж мы так испорчены, что нам нравятся только пороки?"

Лодка ткнулась в берег. Все вышли и направились в березовую рощу. Ксения Ивановна подошла к Мытищеву.

— Предложите мне вашу руку, — сказала она.

— И сердце? — спросил Мытищев, насмешливо приподнимая брови.

— Нет, пока только руку, — отвечала та.

— Тебя я, вольный сын эфи-и-ра-а-а, — пропел Борисоглебский и развел руками, слегка выворачивая локти, как это делают оперные певцы.

Пальчик заспорил с Потягаевым, у кого лучше лошади, у Зотова или у Свистунова. Потом Мытищев рассказал, как у него два года тому назад жила в кучерах баба, скрывавшаяся от мужа.

— И знаете, чем она себя выдала? — говорил Мытищев: — Приезжаю я как-то с нею на ярмарку. Кучеров на ярмарке видимо-невидимо. И все кучера, как кучера, приехали и по кабакам разошлись. А мой кучер по красным лавкам шляется да ситца щупает. Тут ее урядник и накрыл.

Борисоглебский сдержанно рассмеялся. Потягаев и Пальчик опять завели спор о лошадях.

Тем временем Ксения Ивановна и Мытищев отстали от всех.

— Знаете что, — шепнула Ксения Ивановна своему спутнику: — идемте домой через переход. Тут недалеко через речку переход есть. Пусть нас здесь поищут. Мне ужасно хочется позлить Борисоглебского.

И она, круто повернувшись, пошла вон из березовой рощи к берегу речки. Мытищев последовал за нею.

— Правда ли, что вы очень злы? — спросила его Ксения Иванова, когда они уже скрылись из глаз Борисоглебского и Потягаева.

— Правда, — отвечал Мытищев.

— На кого же вы злы: на людей или на судьбу?

— На себя, на себя самого, — отвечал Мытищев как бы с досадою.

— За что же вы злитесь на самого себя?

Мытищев дернул себя за ус.

— А за то, что человек я не глупый, но ни к какому труду не способен, то есть положительно не способен. Я могу умереть под знаменем, как это говорится, посадить самого себя на кол, хапнуть на отчаянно-рискованном предприятии миллион или прожить в один год сто тысяч, но каждый день вколачивать по одному маленькому гвоздику в одну и ту же доску, вот на это я швах! Тут у меня и лень, и апатия, и оскомина! А между тем, вколачиванье каждый день по одному гвоздику и есть самое настоящее дело. И только люди, способные на это, обречены на жизнь будущую. А всех нас, как сорную траву, ввергнут в пещь огненную. Об этом даже в писании сказано. Так каково же мне-то сидеть, сложа ручки, да ждать, когда меня в печку бросят. Ведь у меня тоже какое там ни на есть самолюбие в сердце обретается. А тут вдруг иди на растопку!

Мытищев сердито рассмеялся.

— Все это хорошо, — сказала Ксения Ивановна: — но правда ли что вы вызывали на дуэль Свистунова, приревновав его к его же жене?

Мытищев пожал плечами:

— Что это? Допрос?

Ксения Ивановна продолжала:

— А это не вы прозвали моего батюшку Бисмарком?

— Нет, я звал его "Вас всех Давишь".

— За что?

— Как за что? Пришел он в наш уезд тихим и смирным манером, пришел — и маленький участок земли купил. И тотчас же для всех благодетелем оказался. Взаймы направо и налево дает; деньги даст и закладную к себе в карман положит. И на губах у него всегда улыбка ласковая блуждает; и говорит он попросту, без затей, вместо "прежде" и "в ту минуту" — "допреж" и "в таю в минутаю". Одним словом, прекрасная русская душа. Ну-с, и наложила прекрасная русская душа в бумажник свои закладных этих самых видимо-невидимо. А на нас в эту пору машинная лихорадка напала, бельгийские глыбодробители да сеноворошилки мы выписывали;

выписывали мы их и, как вам это по истории государства российского известно, в сарай поломанными запирали. А Иван Сукновалов в это время землю кривой сохой пахал, да с своих озимей наших телят загонял. И не успели мы оглянуться, как и именья наши, и мельницы, и фабрики к Ивану Сукновалову отошли. Так как же не "Вас всех Давишь"?

— Давить-то вас, стало быть, ничего не стоило, — прошептала Ксения Ивановна и добавила:

— Зачем вы рассказали мне все это?

Мытищеву показалось даже, что она начинает бледнеть.

— А затем чтобы вы знали об этом — ответил он. — А давить нас, действительно, было легко; мы сами под пяту к нему ползли. Должно быть, уж такое призвание наше: у кого-нибудь под пятой обретаться.

Они замолчали. Вокруг темнело. Только узкая фиолетовая полоска слабо светилась на западе. Неподалеку, на тусклой поверхности узкой речки сверкали серебристые звезды. Они покачивались, как светящиеся моллюски, и даже можно было видеть как шевелились их беспокойные реснички. Ленивая струя сонного ветра опахнула лицо Ксении Ивановны, словно ласкаясь.

— Ксения Ивановна, ау! — раздалось из березовой рощи и голос Борисоглебского, кокетливо картавя, пропел:

— Чи-удные ди-е-вы, ди-е-вы мои...

— Идемте скорее, — прошептала Ксения Ивановна: — нас ищут.

Мытищев прибавил шагу.

— Кстати, что за человек Борисоглебский? — спросила его Сукновалова.

— Он очень хороший человек, — отвечал Мытищев, сердито дергая себя за ус: — главное мне нравится в нем его бережливость. Этот не проживется. Он очень экономен и, хотя всегда носит свежее белье, но ради экономии не держит у себя в усадьбе ни ночного сторожа, ни собаки. Он исполняет сам эти две должности. Выйдет ночью на крылечко и сперва по-собачьи полает, а голос у него, сами знаете, звонкий, далеко слышно!..

Так сперва по-собачьи полает, а потом палочкой о палочку постукает и закричит: "Долой Волчок, чтоб тебя!" Эдак он раза три-четыре ночью выйдет. Я как-то ночью мимо его усадьбы еду, а он сидит на крылечке и лает. Я ему и крикнул: "Здравствуйте, Борисоглебский!" Он меня за это терпеть не может: на выборах всегда, мне черняка кладет. А раз я к нему ветеринара попросил съездить. "Заезжайте, говорю, к Борисоглебскому; у него Волчок, кажется, беситься начинает. Борисоглебский, говорю, чуть не плачет". Тот и заехал, про Волчка спрашивает, а Борисоглебский от злости губы до крови кусает!

Ксения Ивановна было расхохоталась, но тотчас же притихла. Они были уже возле речки и перешли ее через деревянный помост.

— Ксения Ивановна, ау! — раздалось из березовой рощи.

— Вернемтесь к ним, — проговорил Мытищев: — а то Пальчик расплачется, слышите, у него в голосе слезы.

— А что за человек Пальчик? — спросила Ксения Ивановна, как бы не вполне расслышав слова Мытищева.

— Что за человек? Вы же сами недавно изволили пропеть: "Андрюша Пальчик, хороший мальчик!" Он такой действительно и есть. Только безобидчив уж больно. Это какая-то манная каша с сахаром. Мамаша его до сих пор на смирное место сажает. И он ничего, слушается. Как-то я заезжаю к ним, а он в уголке на стуле сидит и лицо у него печальное-препечальное. Увидел меня, с места не встает, а только возится шибко. Я говорю: "Здравствуйте, юноша!", — а он опять на стуле возится, а встать не встает. Весь покраснел, на лбу даже пот выступил, а все сидит. Я говорю: "Что с вами, голубчик?", — а он еще пуще краснеет, в глазах слезы и на носу пот. Тут уж его маменька вошла и со смирного места его отпустила. "Вставай, говорит, Андрюшенька, видишь, чужие люди приехали. Только чтоб в другой раз у меня этого не было!" Сказала и пальцем ему погрозила. Тут он встал, а за что он наказан был, не знаю.

— Да вы что? Кажется, не верите? — спросил Мытищев: — Да ведь его маменька родом казачка, в сажень ростом. Она и трубку курит. А трубку она *люлькой* зовет. "Глашка, говорит, дай-ка мне мою *люльку* пососать!" А голос у нее, как у протодьякона, и на подбородке три бородавки, каждая с семишник и все с волосами. И когда она в меланхолии, то начинает волосы на них покручивать да в рот себе забирать. Чисто Тарас Бульба какой-нибудь ус свой закусил, резать татарву собирается. И вы опять не верите? Да ведь она не то, что сына, она раз урядника, на пожаре избила, да ведь как стукнула-то, так с ног и срезала. Тот только встал, почесался да говорит: "Эх, вот кого бы в полицмейстеры!" А он, нужно вам сказать, из городовых в урядники-то попал. Мужики не даром же ее "безменом" прозвали.

— И вовсе не мужики прозвали, а вы, — сказала Ксения Ивановна, слегка улыбаясь.

Мытищев дернул себя за ус.

— А разве это не верно? Она так же, как инструмент этот, при случае обвесить любит.

— А хозяйка она хорошая, — добавил он, немного помолчав: — у нее все впрок идет. У нее даже индюки индюшат выводят. Да чему вы не верите? Ведь она, конечно, не с голыми руками к ним подходит. Индюки, конечно, по лукошкам сидеть не любят; они любят больше около индюшек фуфыриться, вот как Борисоглебский около дам, да она тут к уловке некоторой прибегает. Выпросит на винокуренном заводе бражки даром, да и напоит индюков пьяными. Так пьяными их по лукошкам на яйца и рассажает. А те сидят пьяные-препьяные, украшения свои через нос перевесят, а детей все-таки выводят. Эта баба тоже не проживется.

— Будет вам шутоваться, — заметила Ксения Ивановна почти грустно.

— Как вам угодно, — отвечал Мытищев.

— Ау, Ксения Ивановна! — прилетел из березовой рощи плаксивый возглас.

— Ну, манная кашка с сахаром, кажется, сейчас разрыдается, — вздохнул Мытищев и добавил:

— А ведь его тоже в пещь ввергнут. Борисоглебского не

ввергнут, тот приспособится. Тот будет общественные огороды караулить и самому себе "долой!" кричать.

— А как вы себя зовете? — спросила Сукновалова: — или вы только для других мастер на прозвища?

— Себя я зову "На горе Увертыш", — отвечал Мытищев.

— Это почему?

— Да так-с. Усадьба моя, как вам известно, на горе и живу я, стало быть, на горе, ну и от долгов до сих пор довольно ловко увертывался. Вот и выходит "на горе увертыш".

Они снова оба притихли.

— Отчего вы не женитесь? — внезапно спросила Мытищева Ксения Ивановна.

— То есть, как это, почему?

— Да так. Мне кажется, что, если бы вы женились, из вас порядочный человек мог выйти. Делом вы занялись бы, на службу, что ли, поступили бы. А теперь вы только даром язык околачиваете.

Мытищев покосился на Сукновалову.

— Благодарю за комплимент! — отвечал он. — Да и на ком жениться? На вас? Но разве вы поверите мне, если я скажу, что люблю вас? Вы сейчас же во мне стяжательские намерения заподозрите. А я тоже самолюбив немножко. Нет, жениться не стоит.

Ксения Ивановна шла тихо и смотрела куда-то вбок.

— Ну, а если, — проговорила она: — я сама первая скажу вам, что люблю вас?

Мытищев пожал плечами.

— Если вы скажете это сами, так все равно вы заподозрите искренность моего ответа и хищнические поползновения мне припишите. Нет, между нами пропасть лежит, Ксения Ивановна!

Они еще несколько шагов прошли молча. Сукноваловой казалось, что лицо Мытищева бледнеет и становится печальным. Он заметно похорошел. Она все замедляла и замедляла шаги. Усадьба была уже совсем близко.

— Какая же между нами пропасть, Михайло Сергеич? — прошептала Сукновалова.

Мытищев дергал концы распушенных усов, точно сердился.

— А вот какая, — заговорил он: — я запутавшийся в долгах дворянин Михайло Мытищев, а вы купеческая дочка — миллионерша Ксения Сукновалова. И если бы мы даже искренно полюбили друг друга и поженились, в глазах многих порядочных людей я был бы ни больше, ни меньше, как Альфонс. Да при одной мысли об этом все мое самолюбие встает на дыбы! Я могу продать родовые земли, даже фамилию, но тело свое и душу... Ах, Ксения Ивановна, мне холодно даже от одной мысли, что меня могут подозревать в этом! Нет, между нами пропасть! — заключил он.

Они двигались среди тихой поляны, окутанной сумерками.

— Вы говорите, — прошептала Сукновалова и запнулась, — вы говорите: "Я могу продать родовые земли и даже фамилию". Кроме того, вы говорите всегда что ищете выгодного дела, чтоб удержать имение от продажи. Так, стало быть, если бы я вам предложила, так неужели... постойте, у меня голова кружится...

Ксения Ивановна провела рукою по лбу. Она сильно бледнела. Мытищев косился на нее.

— Так, стало быть, — заговорила она, медленно вытягивая слово за словом: — так, стало быть, если бы я предложила вам женитьбу на себе, как выгодное дело, то вы согласились бы?

— Я говорю, — продолжала она: — что если бы тотчас же после свадьбы мы разъехались в разные стороны и каждый из нас жил, как ему хочется, то неужели... Вообще, приняли бы вы эти условия? Ведь тогда вас не сочтут за Альфонса, а только... ну, как там хотите, так и зовите. Ведь вы уедете от меня тотчас же после обряда.

Она засмеялась вся бледная, но тотчас же оборвала смех.

— Иначе, — отвечал Мытищев: — вы желаете приобрести у меня фирму?

Ксения Ивановна шла, потупив глаза.

— Как хотите, так и зовите, — отвечала она.

Мытищев передернул плечами.

— Ведь вот в вас батюшкины-то инстинкты и сказались! — начал он через некоторое время: — Непременно вам чего-нибудь купить хочется, да и купить- то у человека запутавшегося. Желательно власть денежек ощутить. А, впрочем, такие условия я принимаю и фирму свою продаю. В этом случае меня, по крайней мере, мошенником будут считать, а не Альфонсом. Свободу чувств и образа мыслей я все-таки за собою оставляю. А подлость — каждый человек делает подлости, все дело в мерке.

Он опять передернул плечами и добавил:

— А много ли вы мне за мою фирму отвалите?

— Все, кроме Черниговки и имеющегося при ней капитала, — сказала Ксения Ивановна.

Черниговкою называлось имение, где жила сейчас Сукновалова. Тут все было "Черниговка": и усадьба, и речка, и липовая роща на холме, и даже топкая балка в поймах, так что Мытищев говаривал, что эта местность похожа на Ивана Иваныча Иванова.

— Так все, кроме Черниговки, — повторила Ксения Ивановна; она все еще не поднимала глаз на Мытищева, и голос ее был слаб, как у больной.

— По рукам, что ли? — спросила она.

— По рукам, — отвечал Мытищев.

Они уже были в усадьбе. Ксения Ивановна послала звать гулявшую за речкою компанию и опустилась на балконе на стул. Мытищев похаживал по балкону. Он все сердился, а Ксения Ивановна, казалось, была в возбужденном состоянии.

— Так вы помните найти условия? — говорила она.

— И вы помните, — отвечал Мытищев: — прав на мою личность вы не имеете никаких. Я продаю фирму, а не отдаюсь в рабство.

— Я это помню, но ведь я тоже могу держать себя, как мне будет угодно?

— Как угодно-с; я удеру за границу, и если вы заведете любовника, то у меня будет целый гарем.

— Великолепно. Но до свадьбы я тоже могу дурачиться.

147

— Сколько хотите.

— И вы не боитесь, что я запачкаю вашу фамилию?

— Нисколько. Есть один способ запачкать фамилию, — отвечал Мытищев: — и это сделать при росчерке кляксу. Других способов я не знаю.

— Хотя, — добавил он, немного помолчав: — вам более удобен был бы для замужества Потягаев. Ведь у него золотое сердце, у этого чудака. При подаче голосов на земских собраниях он всегда примыкает к меньшинству из сожаления. Как-то я говорю ему: "Зачем вы это к мнению Зотова присоединились? Ведь их всего четыре человека выскочило". "Из жалости, говорит, Михайло Сергеич; посмотрел я на них: и всего-то их четверо, да и говорят они глупости. Я уж к ним в пятые и пошел!" Бедняк и не думает, что он обидел их своей солидарностью с ними. А дома посмотрите, как он живет. Ведь у него три незамужних сестры и четыре тетки, все доходы его небольшие на них уходят, себе он во всем отказывает. В купальне при посторонних он даже раздеваться стесняется: белья многого не хватает. Да, это золотое сердце!

Мытищев замолчал. Трудно было догадаться, говорит ли он серьезно или шутит. Между тем, на балкон вошли Пальчик, Борисоглебский и Потягаев. Они были рассержены шуткою Ксении Ивановны все, за исключением Потягаева, который невозмутимо пробрался в свой угол.

Между тем Ксения Ивановна стала упрашивать Борисоглебского что-нибудь спеть. Однако, тот долго не соглашался; он был сердит на нее. Ксения Ивановна продолжала упрашивать, хватая его за руки. Внезапно она как будто развеселилась и раскраснелась, хотя веселость ее походила на истерику. Она не смотрела на Мытищева, но можно было догадаться, что каждый ее жест предназначался для него.

В конце концов Борисоглебский размяк и спел под аккомпанемент Сукноваловой "Азру" и балладу "Ночной смотр". Голос у него был, действительно, очень недурен и после пения он расхаживал по балкону, как генерал, выигравший битву.

— Хороший у вас голос! — говорила ему Сукновалова: — верхние ноты у вас одно очарование!

Она все еще была взволнована и постоянно вздрагивала плечами.

— А кстати, — отозвался из своего угла Мытищев: — как поживает ваш Волчок? У него ужасно музыкальный лай, особенно ему удаются верхние ноты.

Потягаев покраснел, Пальчик фыркнул, а Ксения Ивановна продолжала смотреть куда-то в бок, как бы не замечая и не слыша Мытищева.

Борисоглебский повернулся к Мытищеву.

— Мой Волчок, — отвечал он, — жив и здоров. Это очень благонравная собака и не кусает людей ни за что, ни про что.

— Оржаная каша сама себя хвалит, — буркнул себе под усы Мытищев.

— Это уже не остроумно, а просто глупо, — проговорила Ксения Ивановна, внезапно побледнев; она как бы с отвращением передернула плечами и скороговоркою добавила: — Ах, господа, я и забыла сказать вам, что я выхожу замуж за господина Мытищева.

И прежде, чем ей успели принести поздравления, она увлекла с балкона Борисоглебского, упрашивая его спеть "Ночи безумные". Она была в каком-то экстазе. Мытищев, бледнея, покуривал свою сигару.

Вскоре она вернулась на балкон вместе с Борисоглебским. Он вел ее под руку, а она что-то говорила ему на ухо вся покрасневшая, как бы в опьянении. Борисоглебский громко хохотал, запрокидывая голову и выставляя кадык. Мытищев точно ежился от озноба. Пальчик и Потягаев с недоумением поглядывали на всех. Между тем, Сукновалова и Борисоглебский сели рядом; он что-то нашептывал ей на ухо, а она хохотала и в ее смехе слышалась злость. Потом она что-то шепнула ему на ухо и тот, как бы в ответ на ее слова, поймал ее руки и стал поочередно целовать их.

Тогда Мытищев встал и медленно двинулся к ним; он был белее полотна и с трудом волочил ноги. Ксения Ивановна поняла, что у него разрывается от бешенства сердце, и ее лицо осветилось торжеством и злостью. Борисоглебский увидел Мытищева, отодвинулся от нее и это окончательно ее взорвало. Она крикнула ему:

— Не бойтесь его! По условию он не имеет никакого права ревновать меня; я могу делать все, что мне угодно.

— Вы не смеете!!. — крикнула она Мытищеву.

Мытищев стоял перед нею, меря ее с головы до ног. Ксения Ивановна заметила, что пальцы его рук дрожали, между тем как его взгляд был дерзок до наглости.

— Вы не смеете! — вызывающе повторяла она, содрогаясь всем телом.

Взгляд Мытищева точно подзадоривал ее. Она перевела дух, будто собираясь с силами.

— Отец мой, — наконец выговорила она: — отец мой скупал ваши земли, а я покупаю вас самих!

Она передернула плечами и с отвращением добавила:

— Как вы гадки!

Мытищев все смотрел на нее. Он точно устал и его взор уже потух.

— Все это справедливо, — с трудом выговорил он: — все это совершенно справедливо, но я отказываюсь от этой сделки. Не могу-с! Что делать, дрянь-человечишка, не выдержал, сил не хватило, выше головы хотел прыгнуть! Ну, а вы молодцом, силища! И папашу вашего перещеголяли с чем вас от души поздравляю!

Он хотел еще что-то добавить, но махнул рукою и надел шляпу. И все так же с трудом волоча ноги, он сошел с балкона в аллею. Там он на минуту остановился и, повернувшись к балкону, проговорил:

— Господин Борисоглебский, я, кажется, назвал вас "Волчком" или чем-то вроде этого, так ведь вы адрес мой знаете!

Он двинулся аллеей.

— Постойте, — крикнула ему Ксения Ивановна, — постойте, Михайло Сергеич! Надо же разоблачить нашу шутку!

Ее лицо выражало ужас. Мытищев, не оборачиваясь, стоял и ждал.

— Господа, — проговорила Ксения Ивановна, трепеща всем телом: — господа, я солгала. Михайло Сергеич не делал мне предложение; это я сделала ему предложение и он мне отказал. Господи, куда уйти от срама! — она всхлипнула и заломила руки. Мытищев стоял и слушал, не поворачиваясь.

— Господа, — продолжала она: — это было вчера, да, вчера, а сегодня, сегодня мне сделал предложение Андрюша Пальчик и я согласилась. Не правда ли, Андрюша? Да что же вы молчите, наконец?

Пальчик смотрел на нее изумленными, как у ребенка, глазами.

— Правда, — отвечал он, краснея.

— Через неделю и свадьба должна быть, — проговорила Ксения Ивановна: — не правда ли, Андрюша? Да что же вы молчите, Господи!

— Да, правда, — отвечал Пальчик и снова покраснел. Борисоглебский надменно улыбнулся. Мытищев двинулся аллеей.

— Михайло Сергеич, — крикнула Ксения Ивановна: — куда же вы? Михайло Сергеич, вернитесь на минутку!

Она подбежала к перилам балкона и, опираясь на них руками, заглядывала в глубину сада, как бы ожидая ответа. Мытищев скрылся во тьме. А она все стояла и ждала чего-то с горящими глазами. Наконец она оторвалась от перил; лицо ее было бледно, Потягаеву показалось даже, что у нее подкашиваются ноги; он придвинул ей стул.

— Ушел, — прошептала она, как бы обращаясь ко всем; она опустилась на стул и растерянно улыбнулась.

— Что, бишь, я еще сказать хотела?

Она потерла себе лоб и опять растерянно улыбнулась. Несколько минут она точно что-то припоминала.

— Баба я крестьянская, — заговорила она снова, оглядывая всех тусклым взором: — он прибил меня, Михайло Сергеич-то, и я за ним бегу, в гости его к себе зову. Как же? — развела она руками: — замуж за Андрюшу собираюсь, и сама думаю: може меня Мытищев хоть в любовницы возьмет? Може не побрезгует? Ведь вы не будете бить меня за это, Андрюша? — подняла она свои глаза на Пальчика.

И она замолкла. Некоторое время на балконе царило неловкое молчание.

— Плохи дела Мытищева, — внезапно сказал Борисоглебский: — теперь его имение с торгов пойдет. Денег он нигде не достанет.

— Дядя заплатит проценты, — отозвался Пальчик: — у него дядя очень богатый человек и часто за него платит.

— Вот дядю за глаза ругает, — заметил Борисоглебский, — а подачки от него берет. Ловкий парень этот Мытищев.

Ксения Ивановна оглянулась на него усталая и разбитая.

— Во-первых, Мытищев ругает дядю и в глаза и за глаза, — сказала она: — а во-вторых, дядя платит за него в банк, потому что дорожит родовым имением. Ему жаль не племянника, а имение.

Борисоглебский качнул головою.

— Нет, Мытищев храбр только на словах.

— Однако, он вас обругал, а ведь вы на дуэль его не вызовете? — заметила Ксения Ивановна.

Борисоглебский встал, отыскал свою шляпу и, сухо откланявшись, исчез с балкона.

— А теперь, — проговорила Ксения Ивановна, обращаясь к Потягаеву и Пальчику: — я попросила бы вас оставить меня одну. Я устала и мне хочется спать. Я ужасно устала.

Потягаев и Пальчик встали. Пальчик хотел было на прощанье поцеловать руку Ксении Ивановны, но та сказала:

— Нет, уж до следующего раза, — и добавила: — Как вам не стыдно врать? Разве вы делали мне предложение?

Пальчик сконфузился, а Потягаев сказал:

— Вот и у нас в контрольной палате, когда я служил там, был подобный же случай. Одна невеста отказала жениху, нашему чиновнику, а тот взял да и застрелился. Пуля вошла сюда, — показал он на свой лоб и, повернувшись затылком, добавил: — а вышла отсюда.

— Да неужто же, "гиероглиф"? — сказала Ксения Ивановна, устало улыбнулась и вошла в дом. Она прошла к себе в спальню и, быстро раздевшись, легла в постель. Тяжелые гардины на окнах были спущены; в комнате горел китайский фонарик. Ксения Ивановна хотела было позвать горничную, но передумала и лежала, поставив локти на подушки и подперев руками голову. Ей было тяжело и скверно. О браке с Пальчиком она не думала серьезно; впрочем, если Мытищев ее не любит, не все ли равно, за кого ни выйти. Больше всего ее оскорбляло презрение Мытищева.

Ксения Ивановна подняла голову. В комнату вошла Аграфена Михайловна.

— А я к тебе, — сказала она с обычною улыбкою: — вечером-то я все в кухне сидела, со странницей проходящей разговаривала, а сейчас Кондрат с почты письмо мне привез; с Афона письмо-то, от монаха моего. Духовный стишок, святая душа, мне пишет, убогой вдовицей меня в стишке называет.

По всему, с двойным подбородком, лицу Аграфены Михайловны прошло светлое облако.

— Нужно будет святой душе две красненьких бумажки послать, — добавила она.

Ксения Ивановна вдруг расплакалась и потянулась к ней обеими руками.

— Тяжко мне, тетушка!

Аграфена Михайловна опустилась на свежее белье постели. Ксения Ивановна плакала, уткнувшись к ней в колени.

Ее лицо внезапно стало похоже на лицо красивой крестьянской девушки. В коротких словах она передала тетке, как больно ее обидел Мытищев. Она прижималась лицом к пухлым коленям тетки и беспомощно всхлипывала.

За окном спальни послышался сдержанный кашель.

— И, родимушка, — говорила Аграфена Михайловна: — выходи, право, за Пальчика, Пальчик мужем хорошим будет. Наша сестра много через побои страдает, а этот нравом тих.

Она долго беседовала с племянницею на эту тему и затем, благословив и поцеловав ее, ушла к себе.

— Ксения Ивановна, — раздался в то же время под окном голос Потягаева, — дозвольте поговорить с вами одну минуточку.

Ксения Ивановна, завернувшись в одеяло, подошла к окну. Она слегка раздвинула гардины, просунула голову и одну руку и распахнув окно, увидала фигуру Потягаева, всю залитую лунным светом.

— Вы, действительно, выходите замуж за Пальчика? — спросил он ее.

Ночная прохлада ласково коснулась лица Ксении Ивановны, опахнула ее всю и затопила собою комнату.

— Ну, а если бы так, — отвечала она.

— Стало быть, мне надеться уж нечего? А то, вы знаете, при постоянных отлучках могут быть упущения по хозяйству.

Потягаев вздохнул и замялся.

— Можете не надеяться, — отвечала Ксения Ивановна, кутаясь в одеяло: — а бывать у меня бывайте, хоть изредка. Ведь вы добрый? Ведь вы очень добрый?

Ксении Ивановне показалось, что у Потягаева задрожали губы.

— Ведь вам меня жалко? — повторила она.

Потягаев хотел что-то сказать, но заморгал глазами, махнул рукою и, тяжко вздыхая, поплелся от окна. Он даже как будто спотыкался.

"Ведь вот золотое сердце, — думала Ксения Ивановна, укладываясь в постель: — а глуп, непроходимо глуп. Куда же деваться? С умными нехорошо, обидят, а с глупыми скучно!"